KB116322

이력서

RIREKISHO

Copyright ⓒ 2005 by Kou NAKAMURA
First published in Japan in 2005 under the title "RIREKISHO"
by Kawade Shobo Shinsha, Publishers
Korean translation rights arranged with Kawade Shobo Shinsha, Publishers
through Japan Foreign-Rights Centre&Shinwon Agency Co.

Korean translation rights ⓒ 2007 by Munhakdongne Publishing Corp.

이 책의 한국어판 저작권은 Japan Foreign-Rights Centre와 Shinwon Agency를 통해
Kawade Shobo Shinsha와 독점 계약한 (주)문학동네에 있습니다.
저작권법에 의해 한국 내에서 보호를 받는 저작물이므로
무단 전재와 무단 복제를 금합니다.

이 도서의 국립중앙도서관 출판시도서목록(CIP)은
e-CIP홈페이지(http://www.nl.go.kr/cip.php)에서 이용하실 수 있습니다.
(CIP제어번호 : CIP2007002189)

이력서
リレキショ

나카무라 코우 장편소설 ─ 현정수 옮김

문학동네

◇

"알겠어?"

그렇게 말하며 누나는 내 머리에 손을 얹었다.

"중요한 건 의지와 용기. 그것만 있으면, 웬만한 일은 다 잘 풀리게 되어 있어."

누나의 말은 언제나 주문처럼 부드럽게 마음속에 스며든다.

"부모님에 대해 물어보면 뭐라고 대답할까?"

누나는 내 머리에서 손을 떼면서 영차, 하며 일어섰다.

"이력서대로 대답하면 되잖아."

나는 세면실로 들어가는 누나를 눈으로 좇았다.

"그러니까, 이력서에는 뭐라고 쓰면 되는데?"

누나는 내 쪽으로 등을 보인 채 세면실에 서서, 몸을 기역 자로 굽히고 거울을 들여다보고 있다.

"가족사항이나, 주소나, 학력 같은 거."

"저기 말야, 료."

거울에 비친 누나의 눈동자가 나를 흘끗 보았다.

"마음대로 쓰면 돼. 누가 뭐래도 료는 료니까."

느긋한 말투로 누나가 말했다. 누가 뭐래도 료는 료다.

"대충 알아서 쓰면 된다는 뜻이야?"

거울 속의 누나는 표정을 딱 고정시킨 채로 눈도 깜짝하지 않고 신중하게 손을 움직이고 있다.

눈썹 그리기. 누나 화장의 최종공정이다. 누나가 색연필 같은 것으로 눈썹을 문지르자, 조금씩 콘트라스트가 두드러져간다.

그건 그렇다고 쳐도, 나는 생각한다, 아무리 그래도 거울에 너무 바싹 붙어 있는 거 아닌가? 그리고 이제 그만 눈을 깜빡이는 게 좋지 않을까?

잠시 후에 누나는 거울을 향해서 빙그레 웃었다. 그러곤 금방 진지한 얼굴로 돌아와서는, 마지막으로 눈을 열심히 깜빡거렸다.

"거짓말은 안 돼."

거울에서 떨어진 누나가 이쪽을 돌아보았다. 갓 익힌 마술을 보여주는 초등학생 같은 표정으로, 누나는 즐거운 듯 웃었다.

"정직하게 쓰는 거야."

"정직하게?"

"그래, 정직하게. 대충 알아서 쓰는 건 괜찮지만 거짓말은 안 돼. 대신 좋아하는 것을 마음대로, 정직하고 대범하게 쓰는 거야."

얇은 베이지색 코트와 큼직한 가방. 누나는 출근 준비를 하면서 노래하듯이 말했다.

"누가 뭐래도 료는 료니까."

누가 뭐래도 료는 료다.

"그럼, 학력 같은 건?"

"되고 싶은 대로 적어넣으면 되잖아."

코트의 단추를 다 잠근 누나가 말했다.

누나는 더이상 이쪽을 보지 않았다. 그러고는 재빨리 몇 가지 일을 해치우고 나서 집을 나가버렸다. "그럼 갈게" 하는 말만 남기고.

— 그럼 갈게.

남겨진 나는 혼자 거실에 서 있었다. 이력서. 한자와 료의 이력서. 정직하고 대범한 이력서 쓰기.

이윽고 유쾌한 기분이 들기 시작했다. 이곳이 세상의 중심이기라도 한 것 같은, 그런 유쾌한 기분. 나는 이력서, 이력서, 하고 중얼거리며 온 집 안을 걸어다니다가, 마지막으로 거실로 돌아와서 "이력서" 하고 소리내어 말해보았다.

그때는 이미, 웬만한 일은 다 잘 풀릴 것 같은 기분이 들었던 것이다.

나는 테이블 앞에 앉아서 아르바이트 정보지를 집어들었다. 표시해둔 곳을 펼치자 형광펜으로 큰 동그라미가 그려져 있는 페이지가 나왔다.

'유한회사 이와이 석유'

이렇게나 많은 데서 한 군데를 골라내는 건 도저히 무리야, 라며 되는대로 페이지를 넘기다가 발견한 것이 이 '이와이 석유'라는 주유소였다. 집에서 가깝다는 것이 페이지를 넘기던 손을 멈췄던 이유다.

— 유한회사 이와이 석유. 무경험자 환영. 주 4일 이상 근무 가능한 분, 심야에 근무 가능한 분 우대. 장기근무 희망자

환영. 제복제모 대여. 승급제도 있음.

전체적으로 환영하는 분위기인 것이 기뻤다. 무엇보다 집에서 가깝다. 아마도 걸어서 십 분 정도 거리에 있을 그 '이와이 석유'에, 나는 어제 전화해서 면접 약속을 잡았던 것이다.

정보지의 마지막 페이지에 붙어 있는 이력서 양식을 신중하게 뜯어냈다. 선에서 삐져나간 부분을 더욱 조심스럽게 잘라낸다.

테이블에 이력서를 펼쳐놓고 잠시 그것을 바라보았다.

주소, 성명, 성별, 생년월일, 학력, 취미, 특기…… 그 칸들을 다 채워넣고 사진을 붙인 이력서를 나는 상상한다. 아주 멋진 광경일 것 같다. 멋지다.

자아, 그러면.

나는 볼펜을 쥐고, 우선 오른쪽 위의 날짜란을 채웠다. 오늘은 '3월 11일'.

—남동생하고 사는 게 꿈이었어.

그때 그렇게 말했던 누나의 성은 한자와였다.

—동생의 이름은 료가 좋을 것 같아.

누나는 그렇게 말했다. 그때 나는 딱히 댈 만할 이름도 없었기 때문에, "그러면 료로 할게요"라고 대답했다.

이력서 이름란에 '半沢良'라고 쓴다. 그 위에 '한자와 료' 라고 발음을 적는다.

한자와 료라는 이름. 누나의 남동생. 그 외의 나를 지금부터 만들어간다. 사진은 나중 일이다. 빈칸을 메우는 것이 먼저다.

"이력서~"

다시 한번 노래하듯이 말하고 나서, 나는 작업에 착수했다.

생년월일. 나는 아무런 고민 없이 펜을 놀렸다.

내가 하나님이 되었다고 가정하고 만든 숫자 조합. 혹은 손버릇. 그것에 의해 내 생년월일이 결정된다. 이제 막 열아홉 살이 된 걸로 했다. 나이는 '19'.

가족관계. "같이 사는 사람은 누나 한 명입니다" 하고 말하면서 '한자와 도코'라고 적는다.

성별은 남자에 동그라미. 현주소는 누나 앞으로 온 광고 편지에서 정확하게 옮겨적는다.

학력. 방금 결정한 생년월일을 기준으로, 그로부터 십삼년 뒤에 초등학교를 졸업한다. 아르바이트 정보지 뒤에 있는 졸업연도 계산표를 노려보면서 계속해서 적어나간다. 중학

10

교, 그리고 고등학교. 씩씩하게 성장하는 한자와 료.

면허 및 자격증란에는 작은 글씨로 '없음'이라고 기입한다. 취미 및 특기는 '독서'.

마지막으로 지원동기. '보람이 있는 일이고, 정열을 다해 일할 수 있기 때문에'. 거짓말도 아니고 긍정적인데다 무엇보다 무난하다.

빈칸이 다 채워지자, 나는 만족하고 일어섰다. 거실과 이어져 있는 주방으로 가서 냉장고 문에 이력서를 붙여보았다.

완성된 '한자와 료'는 너무나 무난한 인간이었다.

그 무난함은, 기능적인 부엌과 엷은 회색의 냉장고 문, 그리고 이력서를 냉장고 문에 고정시키고 있는 빨간 자석과도 아주 잘 어울렸다. 나는 유쾌한 기분으로 이력서를 바라보았다. 잘 만들어졌다.

한참 동안 그것을 바라보다가, 문득 어떤 생각이 떠올라 나는 흰 종이를 찾기 시작했다.

'한자와 료'가 무난한 것은 나쁘지 않다. 나쁘지는 않지만, 뭔가 조금 부족하다. 무난함 이외의 '한자와 료'를 조금만 더 추가하고 싶어진 것이다.

A4용지를 찾아내서, 나는 다시 테이블 앞에 앉았다.

백지 제일 위에 *이력서*, 라고 적는다. 이력서가 아니라 *이력서*. 굵은 글자로 단숨에 *이력서*, 라고 적고는 다시 그 아래에 이름과 생년월일과 나이. 여기까지는 똑같다.

면허 및 자격. 이번에는 잠시 생각한 뒤에 '어디든지 갈 수 있는 티켓'이라고 썼다. 이력서가 아닌 *이력서*니까 이 정도는 괜찮겠지.

다음에는 취미 및 특기. 이것저것 고려한 결과 '호신술'과 '다림질'로 결정한다. 호신술을 익히면 세상에 무서울 것이 없을 테고, 다림질이 특기라면 누나가 기뻐해줄 것이다.

마지막으로 지원 동기. '집에서 가까운 곳에서 남들에게 도움을 주고 싶어서.'

다 쓴 이력서를 나는 눈앞에 들어올려보았다. 그곳에는 또렷하게 의지와 용기가 담겨 있었다. 나를 만들고, 나를 이끌어주는 의지와 용기. 나는 힘차게 일어섰다.

이력서와 *이력서*의 완성에는 사진이 필요했다. 한시라도 빨리 사진을 찍으러 가야 할 때다.

◇

　나는 세면실에 서서 거울을 바라보았다.

　거울에 비친 한자와 료는 극히 평범하고 무난한 인간으로 보였지만, 어떻게 보면 호신술을 익힌 사람처럼 보이기도 한다.

　나는 전기면도기를 꺼내서 전원을 켰다. 위잉, 하는 경쾌한 소리를 내며 면도날이 회전한다.

　생각해보니, 이 면도기가 이 집에서 유일한 나의 소지품이었다. 삼천팔백 엔짜리 소형 전기면도기. 달랑 이것만 들고 이곳에 찾아왔었으니, 요컨대 이 녀석이 나에게는 '어디든지 갈 수 있는 티켓'인지도 모른다.

　―나는 어디든지 갈 수 있는 티켓의 전원을 켰다. 위―잉.

　딱히 수염이랄 만한 것이 난 것도 아닌데, 그래도 전기면도기를 턱에 대고 있으면 드드득하고 수염이 깎이는 소리가 들린다. 그리고 그 소리가 들리지 않게 되면, 면도는 끝난다.

　―나는 어디든지 갈 수 있는 티켓의 전원을 껐다. 윙.

　"그럼 갈게."

　나는 거울을 향해 누나의 말투를 흉내내고는 돌아섰다.

◇

즉석사진기는 역 앞에 있었다.

입구에 쳐져 있는 커튼을 포렴을 걷듯 헤치고, 나는 안으로 잠입했다.

실내에는 둥근 의자와 버튼이 비밀기지처럼 배치되어 있다. 딱 한 사람이 들어갈 만한 공간만 남기고 사방이 막혀 있는 이공간(異空間). 이상하게 가슴이 두근거리는 이공간.

정면 벽에는 이제부터 해야 할 일이 '오늘의 지령'처럼 씌어 있다.

—정면의 거울을 보고, 눈의 위치를 점선에 맞추어주십시오.

거울 옆에는 네 장짜리 샘플사진이 붙어 있다. 샘플 같은 여성이 샘플 같은 미소를 지은 샘플사진. 네 장의 연속사진에는 아주 약간의 차이가 있었다. 미묘한 웃음을 짓고 있는 입가에서 그 변화들을 확인할 수 있었다.

샘플 여성의 작은 변화를 바라보는 동안, 나는 멋진 아이디어를 떠올렸다. 나는 장난삼아 그 아이디어의 실현가능성에 대해 생각해보았다.

─ 오호라, 이거 해볼 만하겠는데.

웃음이 나오려는 것을 참으면서 나는 생각했다. 실행 단계를 재빨리 머릿속에서 정리했다. 의자를 좌우로 돌려보며 거울에 비치는 내 모습을 확인하고, 투입구에 동전을 집어넣었다.

"정면의 거울을 보고, 눈의 위치를 점선에 맞추어주십시오."

갑자기 엉뚱한 방향에서 기계와 인간의 혼혈 같은 여성의 목소리가 울려퍼졌다.

"의자를 좌우로 돌리면 높이를 조절할 수 있습니다. 준비가 다 되셨으면 녹색 버튼을 눌러주십시오."

기계 여자는 일방적으로 설명을 시작하더니 일방적으로 입을 다물어버렸다. 나는 녹색 버튼을 눌렀다.

"촬영을 시작합니다. 정면의 빨간 램프를 바라보십시오."

나는 정면을 바라보고 앉아서 사진 찍을 때의 표정을 지었다. 깜빡이지 않도록 눈에 힘을 준다. 머릿속으로는 아이디어를 실행할 순서를 확인하고 있었다. 일단 왼쪽. 왼쪽부터 시작한다.

"첫번째 장입니다. 자, 찍습니다."

평. 첫번째 플래시가 터졌다. 나는 몸을 왼쪽으로 틀었다.

"두번째 장입니다. 자, 찍습니다."

두번째 플래시를 오른쪽으로 받은 뒤, 이어서 몸을 구십 도 틀었다.

"세번째 장입니다. 자, 찍습니다."

등으로 플래시를 뒤집어쓴 뒤, 다시 한번 몸을 비튼다.

"네번째 장입니다. 자, 찍습니다."

평.

"이것으로 촬영이 전부 끝났습니다. 바깥의 수취구에서 사진을 꺼내주십시오."

기계 여자는 쿨하게 일을 마무리했다. 그녀는 나의 행동 에 아무런 감상도 느끼지 못한 모양이다.

나는 그녀에게 인사를 하고, 이 기묘한 공간에서 빠져나 갔다.

"흐음~"

냉장고에 붙인 이력서를 보면서 누나는 말했다.

"교도소 사진 같아."

"교도소?"

"그래, 교도소의 죄수 파일. 이런 식으로 여러 각도에서 사진을 찍잖아. 실제로 본 적은 없지만."

누나는 웃으면서 말했다.

완성된 사진에는 정면, 오른쪽, 뒤, 왼쪽에서 본 한자와 료가 네 장 연속으로 찍혀 있어서, 그것만으로도 상당히 괴상한 분위기를 풍겼다. 잘라내는 것이 아까웠지만, 예정대로 정면사진은 이력서에 붙이고 남은 세 장은 이력서에 붙였다. 이력서 쪽은 확실히 죄수 파일이나 수배전단처럼 보이기도 했다.

"그래서, 면접은 어땠어?"

"간단했어." 나는 대답했다. "몇 가지 질문에 대답하고 나니까 그냥 끝났어. 다음주부터 나오래."

"오오, 잘 됐네."

"응, 그건 그런데……"

주유소의 사장 이와이라고 자신을 소개한 남자의 번들거리는 구릿빛 얼굴을 나는 떠올렸다. 사장은 마지막에 "일은 조금씩 배워나가면 돼"라고 말하고 씩 웃었다. 내 어깨를 두드리던 손의 두툼한 감촉도 기억이 났다.

"그렇게 간단히 끝날 거라고는 생각 못 했어."

내가 기대하고 준비했던 가족사항이나 특기, 생일에 대한 질문은 전혀 없었다.

"뭘 물어봤는데?"

"언제부터 일할 수 있겠느냐, 무슨 요일이 비느냐, 그런 거."

"그래서, 뭐라고 대답했어?"

"언제부터든지 일할 수 있고, 무슨 요일이라도 괜찮습니다."

"오~ 그럼 아마도 합격한 이유는 그거겠다. 이 녀석은 편리한 녀석이군, 뭐 그렇게 생각한 거야."

편리한 녀석…… 그런 건 한자와 료는 생각해보지도 않았다. 이력서를 쓸 때 그런 걸 노릴 생각은 조금도 없었는데.

편리. 얘는 편리한 녀석이다. 그것은 '바보와 가위는 쓰기 나름이다'라는 말과 뉘앙스가 비슷했다. 그림으로 표현한다면, 양손에 가위를 든 바보가 홀딱 벗고 춤을 추면서 "쓰기 나름~" 하고 이상야릇한 목소리로 외치고 있는 그림.

하지만, 그건 또 그것대로 나쁘지 않을지도 모르겠다. 가위라는 물건은 심플하면서 기능적이고, 무엇보다 종이를 자르는 데는 완벽한 도구다.

그렇구나, 나는 편리했던 거구나, 하고 생각했다.

"그렇게 다른 사람이 이미지를 잡아주는 것도 중요한 일이야."

눈앞의 인테리어 잡지로 시선을 떨어뜨리면서, 누나가 말했다.

"……그렇구나."

이력서를 쓰는 사람과 읽는 사람의 공동작업. 나는 그런 생각을 하고 있었다. 그러자 '그것이야말로 인생'이라는 기분도 들기 시작했다.

누나는 잡지의 페이지를 팔락팔락 넘겼다. 누나 뒤쪽에는 잎사귀가 수북하게 난 관엽식물이 있었다. 나는 멍하니 그것을 바라보았다.

'케이폭'라는 그 상록수의 이름을 들었을 때, 나는 꼭 망아지 이름 같다고 생각했다. 누나는 마음에 들면 가끔씩 물을 주라고 했지만, 내가 마음에 든 것은 이름뿐이다.

"저기 그런데, 다림질할 것 없어?"

문득 생각이 나서, 나는 물었다.

"오늘은 없지만, 조만간 부탁해도 되지?"

"응."

나는 대답했다.

"다림질이 특기라며?"

누나가 조금 웃으면서 물어보았다.

"물론이야."

아무렇지도 않은 척 나는 대답했다.

◇

― 한짱.

나의 새 이름표를 본 남자는 망설이는 눈치 없이 그렇게
불렀다.

"한짱은 학교 다니냐?"

남자의 가슴에 달려 있는 낡은 이름표에는 '서비스 스태
프 가토'라고 씌어 있었다.

"아니요. 가토 씨는 학생이신가요?"

"응? 나?"

가토 씨는 매우 이상한 소릴 들었다는 표정을 지었다.

"한짱은 내가 몇살로 보이는데?"

"마흔 정도이신가요?"

"오, 그래그래, 그쯤이지. 그러니까, 마흔인데 학생일 리가 없잖아?"

"그런가요?"

가토 씨는 내 얼굴을 바라보며 이상하다는 표정을 지었다. 그리고 잠시 입을 우물우물하다가, 드디어 뭔가 기억해낸 듯 우하하 하고 웃었다.

"뭐, 정작 일 자체는 그렇게 어렵지 않은데 말로 설명하면 어려워지거든. 오늘은 나를 졸졸 따라다니면서 뭘 하는지 잘 보기만 하면 돼."

가토 씨는 의사 같은 투로 말했다. 내가 기운차게 대답하자 또 우하하 하고 웃었다.

"야간근무는 빈집을 지키는 거랑 비슷해. 손님도 그렇게 많지 않고. 주간에 비하면 두말할 것 없이 널널하지. 다만 뭐랄까, 몸에 느껴지는 부담이라고 할까, 아무래도 피로가 쌓이게 되거든. 아, 한짱은 젊으니까 괜찮을 테지만. 나 같은 사람은 이제 힘들어, 실제로. 이래저래 삼 년 가까이 야간근무를 해오고 있지만 아직도 익숙해지지가 않아. 결국은 말이야, 밤에 움직이고 낮에 자는 건 역시 생물의 규칙을 거스르는 일이란 말이지. 어째 잠을 자도 잔 것 같지 않고, 깨도 제대로 깬 것 같지가 않거든. 뭐, 그 대신 이게 좀더 많이 들어오긴 하걸랑."

가토 씨는 엄지와 검지를 모아서 둥근 원을 만들었다.

"한짱은 시급이 얼마지? 응? 그것밖에 안 돼? 진짜? 아니, 그러면 안 되지. 안 돼, 안 돼. 응? 아니 그런 문제가 아니라, 그 정도면 낮에 일하는 것하고 별로 다를 게 없거든. 사장님이 너무 쩨쩨하게 나왔는데, 시급을 좀더 올려달라고 직접 한번 얘기해보는 게 좋을 거야. 뭐, 지금 당장은 좀 뭣하고. 그렇지, 석 달. 한 석 달 정도 일하고 말해봐. 아, 나도 말해줄게. 응? 괜찮아, 걱정 마. 나 같은 사람은 이제 그런 건 문제도 아니거든. 음? 아, 손님 왔다, 손님."

가토 씨는 급히 표정을 바꾸고 일어섰다. 나도 당황하며, 힘차게 뛰어나가는 그를 뒤따라 나갔다.

"어서 오세요!"

가토 씨가 우렁찬 목소리로 외쳤다.

가토 씨는 차의 정면에 서서 "오~라이, 오~라이"(에~로우, 에~로우"로 들리기도 한다)를 연발하며 호들갑스런 손동작으로 차를 유도한 뒤에 "네, 됐습니다~" 하고 마무리

했다. 그리고 상쾌한 발걸음으로 차의 운전석 옆까지 달려가서 백팔십 도 바뀐 부드러운 목소리로 "어서 오세요" 하며 손님을 맞이했다.

"레귤러, 현금으로 꽉 채웁니다."

가토 씨는 소리 높여 외쳤다. 어쩐지 일인극을 하는 것 같았다. 종종걸음으로 주유기 뒤쪽으로 돌아들어가더니, 멍하니 서 있는 나를 향해서 이리 와, 이리이리, 하고 손짓했다.

"여기여기, 여길 봐봐. 일단 이 '현금'이란 데를 눌러. 그러고 나서 담당번호를 누르고, 마지막으로 급유기의 번호를 누르는 거야."

가토 씨의 조작에 맞춰서 패널은 삑삑 경쾌한 소리를 내며 반응했다. 조작이 끝나자 액정의 '4번'이 깜빡이기 시작했다. 가토 씨는 어때, 하고 말하면서 나에게 웃어 보였다.

"4번 들어갑니다~"

가토 씨는 큰 소리로 그렇게 외치고, 급유노즐을 탱크에 밀어넣었다. 덜커덩, 하는 묵직한 소리가 나고 휘발유가 주입되기 시작했다.

"이렇게 하고 가만 놔두면 꽉 차기 직전에 저절로 멈춰."

나는 감탄하며 급유노즐을 바라보았다.

"그사이에 창문을 닦는 거야." 가토 씨는 걸레를 내 쪽으로 던졌다. "저쪽을 닦아봐."

"……네."

한자와 료의 첫 일이었다. 나는 차의 반대편으로 돌아가서 창문을 닦기 시작했다. 원을 그리듯이 둥글게 닦도록 노력하면서, 차근차근 조심스럽게 닦아나갔다.

창 하나를 다 닦았을 즈음에 반대편의 상황을 보니, 가토 씨는 이미 저쪽 편의 모든 창문을 다 닦아가는 중이었다.

그것은 빠르면서도 효율적인, 멋진 창문 닦기였다. 쓸데없는 힘도 불필요한 감정도 일절 들어 있지 않았지만, 결코 대충 하는 것은 아니었다. 즉 그것은 '주유소에서 야간 아르바이트 근무자가 손님의 차를 닦는 것'으로 순화된 창문 닦기였다.

나는 서둘러 사부님의 움직임을 흉내내어보았다.

움직임은 비슷해도 뭔가 다른 것 같았다. 마음을 싣는 법이라고 할까, 빼는 법이라고 할까, 어쨌든 그런 마음가짐의 조절이 어려웠다.

사부님은 급유를 끝내고, 영수증을 들고 운전석으로 향했다. 계산이 끝나자 잠시 뒤에 부릉, 하고 시동이 걸리는 소리가 났다.

"감사합니다."

차가 전진하는 것과 동시에 가토 씨가 말했다. 차는 출구에서 잠깐 멈췄다가 천천히 국도로 진입했다.

"감사합니다!"

다시 가토 씨가 외쳤다. 나도 따라서 외치려고 했지만 생각만큼 잘 되지 않았다. 큰 소리로 외치는 것도 창문을 닦는 것도, 나에게는 좀더 경험이 필요한 모양이다.

"어때, 한짱. 이제 대충 알겠지?"

가토 씨가 씩 웃으며 말했다.

"예."

"그럼 들어갈까."

가토 씨는 사무실을 향해 걷기 시작했다.

"뭐, 대개는 아까 같은 손님이 보통 패턴이야. 휘발유를 넣고 창문을 닦는 거지. 담배꽁초나 쓰레기가 있으면 그것도 버려주고. 그리고 가끔씩 타이어 공기압이나 오일 체크를 해달라는 사람이 있으면 해주면 되고. 그 다음에는 오일교환이나 세차겠군."

가토 씨는 대기용 의자에 으차, 하며 앉았다.

"운전은 할 줄 알지?"

"아뇨, 못 해요."

"그래? 그렇구나. 아직 면허를 안 땄구나."

가토 씨는 아까 마시다가 놔두고 나갔던 캔커피를 홀짝홀짝 마셨다. 아직 면허를 따지 않았다, 하고 나는 머릿속으로 중얼거려보았다.

"아~ 알았다. 그래서 시급이 깎인 거야."

의기양양한 얼굴로 가토 씨는 말했다.

"역시 말이야, 이 일을 계속하려면 얼른 면허를 따는 게 좋을 거야, 실제로."

나는 내 손을 바라보면서 한자와 료가 면허를 딸 수 있을지 생각해보았다. ……무리다.

"응, 왜 그래? 아, 차는 내가 움직일 거니까 괜찮아. 한짱은 우선 다른 일들을 배우라고. 금방 배울 수 있으니까 걱정 안 해도 돼. 아, 그리고 일에 좀더 익숙해지면 번갈아가면서 한 시간씩 휴식시간도 가질 수 있어. 그 동안에는 혼자서 가게를 보게 되지만, 그때는 세차나 오일교환은 못 한다고 해도 돼. 혼자 있는데 다음 손님이 또 오게 되면 곤란하니까, 원래부터 그렇게 하게 되어 있어."

가토 씨는 커피 캔을 탕, 하고 책상 위에 내려놓았다.

"뭐, 우선 손님이 오면 일단 큰 목소리로 '어서 오세요' 하고 인사해. 그리고 급유기가 있는 곳으로 유도하고 나서 다시 보통 목소리로 '어서 오세요'라고 말하는 거야. 그러면 손님이 '꽉 채워주세요'라든가 '이십 리터', 뭐 그렇게 말할 거고, 계산을 현금으로 할 건지 카드로 할 건지 확인한 뒤에 패널에 입력하면 돼. 그걸 다 하고 나면 기름을 넣는 거지. 이땐 정말 신중하게 해야 해. 기름을 흘리거나 차체에 흠집을 내면 나중에 골치 아파지거든."

가토 씨는 이맛살을 찌푸렸다.

"다음은 담배꽁초 버리기랑 창문 닦기. 주간근무자 녀석들은 '손님, 창문 닦아드릴까요?' 하고 물어보더라. 바보 아냐? 나 같으면 그렇게 물어볼 시간에 그냥 후딱 닦아버리겠다. '닦아드려도 괜찮을까요?' 하고 물어보면 손님도 곤란하지 않겠냐고. 만약 내가 손님이라면 '음, 좋을 대로 하시게나'라고 말해버릴걸? 실제로. 그러니까 그렇게까지 할 건 없어. 비슷한 예로 말이야, 그거 있잖아, 거 뭐더라, 드라마 같은 데서 흔히들 샐러리맨 과장이 여직원한테 그러잖아. 점심 먹으러 가면서 '야마모토, 점심이라도 같이 하는 게 어때'

뭐 그러면, '예, 모시고 가겠습니다' 그러는 거. 지가 무슨 사무라이냐고. 모시고 가다니 말이야. 주간근무 뛰는 녀석들은 바보들이야. '야간근무는 편해서 좋겠네요' 같은 소리나 해대고 말이지. 그렇다면 지네들이 밤에 한번 일해보라니까. 안 그래? 그런 말은 실제로 해보고 나서 해야 한다고. ……웅? 아, 이런. 손님이다, 손님."

대형 트럭이 지금 막 진입하려는 참이었다. 가토 씨가 기운차게 일어났고, 나도 뒤따라 나갔다.

"어서 오세요!"

사부님의 우렁찬 목소리가, 심야의 주유소에 울려퍼졌다.

주유소에서의 첫날은 가토 씨의 긴 얘기와 함께 순조롭게 흘러갔다. 가토 씨의 말은 밤새도록 이어졌고, 도중에 몇 번인가 그것을 중단하고 손님의 차에 기름을 넣었다.

네 대째의 손님 이후로 나도 가토 씨를 뒤따라 "어서 오세요"나 "오~라이 오~라이"를 외칠 수 있게 되었다. 입모양에 익숙해지고 나니 쉽게 말할 수 있었다. 나는 흥이 올라서 "오라이"를 연발했다. 오늘밤 동안에만 지금까지 살아오면서 말했던 "오라이"의 몇 배를 말한 듯한 기분이 들었다.

그뒤로 나는 손님에게 "창문 닦아드릴까요?"라고 물어보는 일이 없었다. 그런 걸 물어볼 시간이 있으면 그냥 후딱 닦아버리면 되는 것이다. 일일이 물어보고 있는 주간근무자 녀석들이 바보다, 라고 나는 생각했다.

◇

　토요일 아침, 집에 돌아오자 거실 구석의 다리미 코너에 셔츠가 두 벌 걸려 있었다. "여기에 걸려 있는 셔츠는 다림질 해달라는 뜻이야"라며 누나가 만들어준 다리미 코너에, 오늘 처음으로 셔츠가 걸려 있었던 것이다.

　나는 신이 나서 다리미와 다리미판을 꺼내왔다. 분무기에 물을 넣고 플러그를 꽂고, 다이얼을 면에 알맞은 백육십 도에 맞췄다.

　다리미는 묵묵히 일할 준비를 시작했다.

　다리미를 써보는 것은 오늘로 두번째였다. 이틀 전에 손수건으로 시험해봤을 때 직감적으로, 이건 나하고 잘 맞는

다, 고 느꼈었다. 자동차 창문 닦기로 가토 씨를 뛰어넘기는 한없이 어렵겠지만, 다리미질이라면 누구와도 붙어볼 만하다고 생각했다. 마음을 담는 법이라고 할까, 마음가짐이라고 할까, 어쨌든 그런 부분이 나에게 잘 맞았다.

다리미는 듬직한 중량감으로 다리미판 옆에 진을 치고 있다. 나는 누나의 엷은 노란색 셔츠를 다리미판 위에 펼쳤다. 다리미판이 셔츠를 입고 엎드린 듯한 모습이 된다.

등뼈 부분을 따라서 천천히 다리미를 미끄러뜨리듯 움직였다. 적당히 힘을 주어가면서 다리미를 움직여간다. 이따금씩 스팀 홀에서 소리가 흘러나온다. 슈와슈와 하는 기분 좋은 소리. 피~스. 이 소리에게 이름을 붙인다면 피~스다.

등뼈 쪽을 따라가며 주름을 펴고 나면, 그 다음에는 좌우로 이동한다. 쓰윽쓰윽 하고 기어가듯이 셔츠의 주름을 없애 나간다. 슈와슈와. 피~스. 쓰윽쓰윽, 쓰윽쓰윽.

아주 느긋한, 다리미다운 시간이 흘러가고, 나는 특기가 다리미질이라서 정말로 다행이라고 생각했다. 슈와슈와. 피~스. 쓰윽쓰윽, 쓰윽쓰윽.

십오 분 정도 지났을까. 주름 하나 없이 깔끔하게 펴진 셔츠에 마지막으로 나는 한번 더 다리미를 미끄러뜨리고 나서

행거에 걸었다.

누나의 엷은 노란색 셔츠는 둥실 떠오르듯 다리미 코너에 전시되었다. 오늘 파티의 주인공이라도 된 듯 보였다.

케이폭과 어쿠스틱 기타, 곰 모양 저금통과 타원형의 커다란 테이블, 텔레비전 리모컨. 이 방의 모든 사물이 그녀의 주름 하나 없는 모습을 칭찬해주는 듯했다.

크게 만족한 내가 두번째로 흰색 셔츠를 다리미판에 올려놓고 있는데, 잠옷차림의 누나가 거실로 들어왔다.

"안녕, 료. 그리고 어서 와, 료."

나는 다리미를 잡던 손을 멈췄다.

"잘 잤어, 누나? 그리고 다녀왔습니다, 누나."

평소와 같은 아침인사였다. 이것은 어느 사이엔가 나와 누나의 약속된 신호처럼 되어 있었다. 조금은 규칙에 가까운, 자연발생적인 신호.

누나는 내 앞에 놓여 있는 셔츠를 보더니, 곧바로 다리미 코너에 전시되어 있는 나의 작품에도 눈길을 주었다.

"오~ 과연 특기구나." 누나는 말했다. "하루 만에 나를 뛰어넘었는걸."

나는 입이 헤벌쭉해지려는 것을 참으면서, "그런가?" 하고 대답했다.

"그런데 료, 오늘은 어떻게 보낼 예정이야?"

"이게 끝나면 잘 거야."

"오늘밤은 일하니?"

"아니, 쉬는 날인데. 왜?"

"저녁에 야마자키가 놀러 온대."

야마자키…… 언젠가 누나와 함께 있었던, 검은 재킷에 터프한 워크부츠를 신고 있던 사람이다.

무엇보다 인상적이었던 것은 그 사람의 담배케이스였다. 그때 야마자키 씨는 '1969'라고 인쇄된 밀리터리 스타일 담배케이스에서 익숙한 손놀림으로 담배를 꺼냈다.

"그냥 자도 괜찮고, 원한다면 같이 술 마셔도 돼."

"알았어."

"야마자키는 자전거를 타고 오겠대."

누나는 '야마자키'라는 단어를 아주 유쾌하게 발음했다.

"야마자키 씨네 집은 여기서 가까워?"

"아니, 전혀. 자전거로 오면 한 시간도 더 걸릴걸? 정확히는 모르겠지만."

"그런데 왜?"

"글쎄, 어쨌거나 그애는 올 거야."

나는 등을 앞으로 둥글게 구부리고 자전거 페달을 밟고 있는 야마자키 씨를 상상했다. 유선형 헬멧에 번쩍이는 고글. 검은 레이서 슈트에는 공기의 흐름을 패턴화한 흰색 줄무늬와 이탈리아어로 된 로고가 그려져 있는.

"그것도 바구니 자전거를 타고 말야."

나는 황급히 상상을 지워버렸다.

누나는 "그럼 갈게" 하며 거실을 나갔다. 복도 저편에서 문이 닫히는 소리가 났다.

나는 다시 다리미판 앞으로 돌아와서, 다음 차례인 하얀 셔츠의 주름에 의식을 집중했다.

스팀 냄새와 부드러운 소리가 다시 이 공간을 지배한다. 나는 서예의 달인 같은 마음가짐으로 주름을 하나하나 펴나갔다.

슈와슈와. 피~스. 쓰윽쓰윽, 쓰윽쓰윽.

이십 분 후, 임무를 마친 다리미는 다이얼이 'OFF'로 돌려지면서 뜨거워진 몸을 식힐 수 있게 되었다. 나는 주름 하나 없는 새하얀 셔츠를 올려다보았다.

"오~ 과연 특기구나."

누나의 흉내를 내면서, 나는 나 자신을 칭찬해보았다.

눈을 떴을 때 집 안에서는 인기척이 느껴지지 않았다. 시계를 보니 네시 반이 조금 지나 있었다. 거실을 내다보았지만, 야마자키 씨는커녕 누나도 없었다.

다리미 코너에 걸어두었던 두 벌의 셔츠도 이미 그곳에 없고, 차가워진 다리미만이 아침과 같은 모습으로 다리미판에 기댄 채 세워져 있었다.

나는 다리미에서 착탈식 분무기를 떼어내서 남아 있는 물을 케이폭 밑동에 부어주었다. 케이폭 화분은 별로 맛없다는 듯이 그것을 빨아들인다.

다리미를 정리하고 나서, 평소와 같은 오후 일과를 시작했다.

―반복하는 게 요령이야.

그렇게 말하며 아침에 대해 가르쳐준 사람은 누나였다. 같은 시간에 일어나서, 같은 컵으로 우유를 마시고, 같은 순서대로 화장을 한다. 누나의 아침은 정확한 반복으로 시작한다. 그것이 요령이라고 한다.

나는 누나의 가르침을 저녁때 응용하고 있었다. 세수, 면도, 우유. 이때는 사소한 행동의 순서에도 주의를 기울이는 것이 중요하다. 수도꼭지를 튼다. 손을 씻는다. 눈을 감는다. 얼굴을 적신다. 수도꼭지를 잠근다. 비누를 집는다. 거품을 낸다.

누나는 어떤 일에도 최적의 수순이 있는 법이라고 말했고, 나도 그 의견에 찬성했다. 얼굴을 씻는다. 수도꼭지를 튼다. 비누거품을 씻어낸다. 수도꼭지를 잠근다. 눈을 뜬다.

나는 열심히 어제의 행동을 따라 했다. 오늘이 어제가 될 정도로 열심히 반복한다. 냉장고를 열고 우유를 꺼낸다. 마신다. 잠시 쉰다. 그리고 다시 마신다.

마지막 마무리는 책을 꺼내는 것이었다. 그때 마침 현관 쪽에서 소리가 들려왔다. 누나가 돌아온 모양이다.

책은 나중으로 미루고, 나는 현관으로 향했다.

"다녀왔어."

속이 꽉 찬 슈퍼마켓 봉지를 내밀면서 누나가 말했다.

"야아, 오래간만이네."

뒤에서 야마자키 씨가 나타나서, 술병이 든 봉지를 내밀었다.

"자전거로 왔어요?"

나는 묵직한 봉지를 받아들면서 물었다.

"그래, 두 시간 정도 걸렸지."

야마자키 씨가 얼굴을 찌푸렸다. 야마자키 씨는 전에 만났을 때와는 완전히 딴판으로 청바지에 감색 면셔츠를 입은 심플한 모습이었다. 신발도 흰색 바탕에 파란색 선이 들어간 스니커였다.

받아든 봉지들을 부엌으로 옮기자, 조금 늦게 누나와 야마자키 씨가 들어와 그건 이쪽, 아냐, 그건 냉장고, 하고 말하며 봉지 안에 든 것을 분류해나갔다. 맥주병이 차례차례 냉장고에 들어차는 과정이나 물을 담은 큰 대접에 토마토와 오이가 둥둥 떠 있는 모습을, 나는 감탄하며 바라보았다.

"지금 뭐 할 일 있니?"

슈퍼마켓 봉지를 둥글게 말면서 누나가 이쪽을 보았다.

"산책하러 나가려던 참이었어."

"그래, 그러면 갔다 온 뒤에 같이 마실래?"

"응." 나는 대답한 뒤에 "아직 미성년자지만" 하고 덧붙였다. 확실히 나는 열아홉 살이었다.

"밖에 나갈 거면 담배 좀 사다줘."

누나의 반대쪽에서, 누나보다 머리 하나만큼 더 큰 야마자키 씨가 고개를 내밀며 말했다.

"말보로 라이트. 없으면 그거 비슷한 거."

말보로 라이트. 없으면 그거 비슷한 거, 라고 나는 속으로 되뇌었다.

"금방 못 올 텐데 괜찮아요?"

"응, 괜찮아."

"앗," 누나가 갑자기 큰 소리로 외쳤다.

"재떨이. 어디 좀 들러서 재떨이도 사와. 될 수 있는 한 많이 들어가는 걸로."

될 수 있는 한 많이 들어가는 거, 라고 나는 되뇌었다.

"뭐야, 될 수 있는 한 많이 들어가는 거라니."

"넌 술이 들어가면 줄담배를 피우잖아. 우리집에 있는 재떨이는 작아서 얼마 들어가지도 않아."

"아무리 그래도, 될 수 있는 한 많이 들어가는 거는 뭐야. 여행가방 고르는 것도 아니고."

"그게 어때서. 여행가방 같은 재떨이. 야마자키에게 딱이네."

"그래?" 야마자키 씨는 어쩐지 기쁘다는 투로 말했다. "그러면 코끼리가 밟아도 부서지지 않는 재떨이가 좋겠는 걸."

"그거 괜찮네."

"비에도 지지 않고 바람에도 지지 않는 재떨이."

"스트롱 스타일이면서 브레인버스터스러운 거."

누나와 야마자키 씨는 통조림 뚜껑을 따거나 토마토의 꼭지를 떼내거나 하면서 빠른 말투로 주고받았다. 사이가 좋구나, 하고 나는 생각했다.

나는 나중으로 미뤄두었던 책을 가지러 내 방으로 향했다.

형광등이 반짝이고, 두 평 정도의 공간이 옅게 떠오른다.

내 방이라고는 하지만 원래 창고로 쓰던 방이라서 창문이 없었다. 그러나 낮과 밤이 뒤바뀐 생활에는 딱 알맞기 때문에 마음에 쏙 들었다.

방구석에는 옷을 넣는 서랍장이 있고, 그 옆에 합판을 조립해서 만든 삼단 수납장이 있다. 또, 북쪽 벽에는 창문 대신 별이 빛나는 밤하늘의 포스터가 붙어 있었다. 북극성을 중심으로 작은곰자리가 회전하는 그림이다.

수납장 가운데 단에서 집 열쇠와 지갑, 그리고 항상 가지고 나가는 책을 꺼내서 입고 있는 카고바지 주머니에 넣었다.

"그럼 다녀올게." 나는 부엌 쪽을 향해 말했다.

"잘 다녀와."

누나와 야마자키 씨의 목소리가 들렸다. 두 사람의 목소리는 쌍둥이의 합창처럼 딱 겹쳐졌다. 나는 조금 감탄하면서 현관을 나섰다. 사이좋게 지내기. 세계 삼대 미덕 중의 하나, 사이좋게 지내기.

"잠깐, 잠깐 있어봐."

현관에서 신발을 신고 있는데 부엌에서 목소리가 들렸다. 야마자키 씨가 큰 소리를 내면서 고개를 내밀었다.

"이거 가져가."

야마자키 씨는 통오이를 하나 내밀었다. 나는 이어달리기의 배턴처럼 그것을 받아들었다.

"끄트머리는 입으로 뜯어내고 펫, 뱉어버리면 돼."

야마자키 씨는 오이의 꼭지를 비스듬히 아래로 뱉어내는 동작을 보여주었다. 장난치는 것은 아닌 모양이었다.

내가 고맙다고 하자, 야마자키 씨는 괜찮아 괜찮아, 하고 말하듯이 오른손을 팔랑팔랑 흔들어 보였다.

"담배 잊지 마."

"응, 말보로 라이트. 없으면 그거 비슷한 거."

"그래그래."

야마자키 씨는 웃으면서 말했다.

밖은 아직 희미하게 햇빛이 남아 있는 봄날 저녁이었다.

나는 우선 이 오이를 빨리 먹어버려야겠다고 생각했다. 가능하면 누가 보기 전에 재빨리.

맨션의 복도에는 아무도 없었지만, 나는 엘리베이터 앞에 도착할 때까지 그것을 깨물지 못했다. 끝부분을 뱉어버릴 만한 곳이 없었던 것이다.

나는 엘리베이터의 하강 버튼을 눌렀다. 역삼각형 마크에 불이 들어오고, 엘리베이터의 현재 위치를 나타내는 패널이 카운트업을 시작했다.

나는 오른손에 오이를 쥐고 생각했다. '으득, 펫'만 하면 먹을 수 있는데 여기서는 그게 불가능하다. 나는 왼손으로 오이를 바꿔들었다.

패널은 순조롭게 카운트업을 거듭하고, 드디어 구층에 불이 들어왔다. 아무도 없는 엘리베이터가 횡~ 하는 소리와 함께 멈추어 서고, 조용히 문이 열렸다.

그때, 나는 의기양양한 얼굴로 첫걸음을 내딛고 있었다. 조금 대담한 몸놀림으로 엘리베이터에 올라타고서 그대로 뒤로 돌았다. 오른손을 뻗어서 목적지를 누르자 천천히 문이 닫힌다. 간단한 일이었다. 문제는 모두 해결되었다.

뚜둑.

나는 오이의 양끝을 쥐고 반으로 쪼갰다.

엘리베이터 문이 닫히고, 격리된 상자 모양의 공간이 하강을 시작했다. 나는 좌우로 나눠 쥔 오이 중 오른쪽 것을 깨물었다.

오독, 오독오독, 오독오독오독.

정겹고 푸근한 소리가 작은 공간에 울려퍼졌다.

해질 무렵의 공원에는 뭔가를 재촉하는 분위기가 충만하다.

그것은 아마도 비둘기들이 빚어내는 느낌인 듯하다. 맨션에서 걸어서 오 분 거리에 있는 이 공원에는 곳곳에 비둘기들이 무리지어 있는데, 그들에게도 집에 돌아갈 시간이 가까워진 것이다.

공원에 인접한 운동장에서는 중학생쯤 되어 보이는 아이들이 축구 연습을 하고 있었다. 운동장에는 야간경기 설비가 갖추어져 있지만, 조명은 아직 켜지지 않았다. 축구공과 다리가 부딪치는 소리 등에 섞여서 쇼왓, 이라든가, 사잇, 이라든가, 나이스, 하는 기묘한 외침이 오가고 있다.

나는 내 지정석 벤치에 앉아, 카고바지 주머니에서 책을 꺼냈다. 가늠끈으로 표시된 곳을 펼치자 익숙한 2도 인쇄 일러스트가 눈 안에 날아들었다.

'그림으로 보는 호신술의 모든 것'

헌책방에서 산 이 책을 들고 산책하는 것이 요즘의 일과였다. 매일, 펼침면으로 두 페이지씩 이 책의 내용을 마스터해 간다.

이미 나는 상대에게 멱살을 잡혔을 때의 효과적이면서도 적절한 대처법을 마스터했다. 또 누가 뒤에서 안았을 때나 등 뒤를 확보하지 못했을 때에도 적절하게 대처할 수 있게 되었다. 한 달만 있으면 더 굉장해진다. 여러 명이 덤벼들거나 칼이나 총을 든 자에게 습격당해도 걱정 없다. 들개나 곰이 덮쳐온다 해도 냉정하게 대처할 수 있게 될 것이다.

오늘의 과제는 '제4과, 목을 졸렸을 때의 대처법'이다.

펼친 페이지에는 비니를 눌러쓰고 선글라스를 낀 사내가 양복을 입은 남자의 목을 조르고 있었다. 거기서부터 양복 남자의 반격이 하나하나 순서대로 설명되어 있다.

①비는 척하면서, 양손을 얼굴 앞에서 깍지를 낀다.

자신의 안전을 제일로 생각하라는 것이 이 책에서 반복해서 이야기하는 호신술의 기본 정신이었다. '호신의 핵심은 안전하고 확실하게 자신을 지키는 것이다. 결코 상대를 쓰러뜨리는 것이 목적이 되어서는 안 된다. 제군들의 건투를 빈다!'

나는 책을 무릎 위에 올려놓고 양손을 얼굴 앞에서 모아 깍지를 끼어보았다. 비는 척. 처음에는 비는 척이다.

②그대로 자신의 체중을 아래로 싣고, 앞으로 끌어당겨 상대를 쓰러뜨려라!

그 칸에서는 양복 남자가 앞으로 푹 몸을 굽혀서 비니 사내의 자세를 무너뜨리고 있었다. 체격이나 근력에 의존하지 않고 재빨리 상대를 제압하는 것. 이 말도 책 속에서 몇 번이나 되풀이되는 말이었다.

③옆으로 쓰러지듯이 하며 상대를 무너뜨리고, 빈 옆구리를 걷어차라!

그림 속에서 양복 남자는 비니 사내를 걷어차고 있었다. 공격은 주저하지 말고 있는 힘껏 한다. 이것도 호신의 철칙 중 하나였다.

그리고 무엇보다도 중요한 것. 그것은 일단 자신의 안전을 확보하면 망설이지 말고 도망치라는 것이었다. 즉, 걷어찬 뒤에 해야 할 행동은 삼십육계 줄행랑. 발길을 돌려 전력질주하라는 이야기다.

나는 다시 한번 펼친 페이지를 읽었다. 번호순대로 꼼꼼히 양복 남자의 동작을 눈여겨보았다.

①로 허를 찌르고, ②로 무너뜨린다. ③으로 공격하고, 망설이지 말고 도망친다.

나는 몇 번이고 계속해서 책을 읽었다. 이미지 트레이닝이었다. 몇 번이고 몇 번이고 반복해서 보다보면 점점 양복 남자와 나 자신이 동화되어가는 것을 느낄 수 있다. 나는 누구지? 한자와 료. 한자와 료는 양복 남자. 호신술을 마스터한 양복 남자.

―탁.

나는 책을 덮고 힘차게 일어서서, 공원 한쪽에 서 있는 나무에 다가갔다.

이 공원이 마음에 든 이유 중 하나가 바로 이 나무다. 기둥이 직경 삼십 센티미터 정도 되는 이 플라타너스는, 굵기가 딱 사람 사이즈라서 연습 상대로 삼기에 최적이었다.

나는 플라타너스 앞에 섰다. 기둥에는 군데군데 껍질이 벗겨져서 얼룩무늬를 만들고 있다. 올려다보니 내 키보다 일고여덟 배는 더 높았다.

나는 가볍게 양다리를 벌리고 서서 눈을 감았다. 머릿속에서 양복 남자의 몸놀림을 반추한다. ①로 허를 찌르고, ②로 무너뜨린다. ③으로 공격하고, 망설이지 말고 도망친다.

—마이볼, 마이볼, 쇼왓, 사잇.

아까보다 긴박해진 외침들이 운동장에서 들려왔다. 축구팀은 아무래도 시합 형식의 연습을 시작한 모양이다.

나는 눈을 부릅뜨고 플라타너스의 기둥을 노려보았다. 나는 눈을 세 번 깜빡인 뒤에, 비니 사내와 대치했다. 공원에는 나 말고는 아무도 없었고, 비둘기마저 다 돌아가고 없다. 운동장에는 어느새 조명이 켜져 있었다.

온다!

지금 놈의 양손이 내 목으로 뻗어왔다. 비니 사내는 흉악한 파워로 내 목을 조르기 시작했다.

Be cool.

이럴 때는 냉정하게 대처해야 한다. 나는 비는 척하면서, 양손을 얼굴 앞에서 모아 깍지를 끼었다. ─ 잘못했어요, 용서해주세요.

순간, 아주 잠깐이었지만 비니 사내의 표정에 변화가 보였다.

그것은 당혹이라고도, 빈틈이라고도, 혹은 단순한 일시정지로도 볼 수 있는 순간의 표정 변화였지만, 나는 그 한순간을 놓치지 않았다.

앞쪽으로 쓰러지는 듯한 동작을 하며 전 체중을 실었다.

허를 찔린 비니가 낮게 신음하는 소리가 들렸다. 밸런스를 잃고 무릎을 꿇은 비니의 팔을 꺾은 채 오른쪽으로 비틀었다.

완전히 밸런스를 잃은 비니가 지금 내 발밑에 넘어졌다. ─ 공격은 주저하지 말고 있는 힘껏 행한다. 나는 왼발을 내디딘 뒤, 플라타너스의 밑동을 힘껏 걷어찼다.

체중이 실린 좋은 킥이었다. 플라타너스에게는 나무껍질이 벗겨질 정도의 킥이었겠지만, 비니 사내에게는 틀림없이 갈비뼈에 금이 갈 정도의 위력이었을 것이다.

이때다, 하고 나는 생각했다.

중요한 것은 이 순간. 이다음에 취하는 행동으로 내가 평가받는 것이다.

나는 왼쪽 어깨를 빼서 몸을 비스듬히 틀고, 아직 나무 밑동을 걷어찬 감촉이 남아 있는 오른발 바닥으로 이번에는 지면을 박찼다.

뒤로 휙 돌아서 전력 질주.

두 걸음이나 세 걸음으로는 의미가 없다. 나는 이십 미터 정도를 힘껏 달렸다. 안전한 장소까지 도망쳐야 비로소 '호신'이 완성되는 것이다.

공원 한가운데까지 달린 뒤에야 나는 속도를 줄였다.

발을 멈추고 천천히 뒤로 돌았다. 저녁의 어둠에 빛을 잃은 플라타너스가 우두커니 서 있었다. 나는 어깨를 들썩이면서 거칠어진 호흡을 가다듬었다.

—나이스! 나이스! 나이스!

옆 운동장에서는 누군가가 골을 넣은 모양이었다. 득점한 팀은 각자 소리를 지르면서 경쾌한 발걸음으로 자기 진영으로 돌아간다. 골키퍼는 비틀비틀하는 동작으로 축구공을 주워들고서, 센터서클을 향해 공을 굴렸다.

나는 플라타너스를 향해서 걸음을 옮겼다.

앞으로 세 번.

앞으로 세 번 더 반복하자. 그러면 오늘의 수련은 끝이다.

◇

"꽤 늦었네." 기분이 좋아 보이는 야마자키 씨가 말했다.

"우선 앉아." 옆에서 누나가 말했다.

두 사람은 L자 모양으로 배치된 소파의 양끝에 앉아 있었다. 누나는 상기된 얼굴로 소파 모서리 쪽을 두드리면서 "여기, 여기" 하고 말했다.

나는 왼쪽에 누나, 오른쪽에 야마자키 씨를 끼고 소파에 앉았다.

맥주는 이미 여덟 병 정도가 비어 있었다. 테이블 가운데에는 커다란 접시 위에 갖가지 야채가 차려져 있었다. 잘게 찢은 양상추, 방울토마토, 데친 아스파라거스와 콜리플라위. 그리고 채 썬 무에다 얇게 저민 양파, 뭉텅뭉텅 썬 오이. 지금은 모양이 다 흐트러져 있지만, 원래는 둥글게 가지런히 놓여 있었단 것을 알 수 있었다.

큰 접시 주위를 중간 크기의 접시와 작은 접시가 위성처럼 둘러싸고 있었다. 닭튀김, 버섯구이, 꽈리고추, 날두부, 야채겉절이. 소금 종지와 된장 종지도 있다.

야마자키 씨 앞에 놓여 있는 재떨이에는 이미 담배꽁초가 빽빽하게 쌓여 있다. 도넛 가게에 놓여 있을 법한 도기로 만든 작은 재떨이였다.

"재떨이 사왔어."

나는 꾸러미를 테이블 위에 올려놓았다.

"꽤 큼직하네."

"열어봐도 되지?"

두 사람은 재떨이치고는 너무나 큼직한 그 꾸러미에 재빨리 달려들었다. 누나가 소파에서 일어나서 포장을 풀기 시작했다.

맨 처음에 청동색 우산이 보이고, 이어서 다갈색 고양이가 나타났다. 이윽고 그 환상적인 전모가 드러났다.

"굉장해." 누나가 말했다.

"이, 이거 예쁘네."

야마자키 씨는 으음, 하고 곱씹는 느낌으로 신음했다.

가장자리가 물결모양으로 마감된 커다란 접시. 그 한가운데에, 외딴섬처럼 톡 튀어나온 부분이 있다. 그 섬에는 고양이가 우아한 느낌의 곡선을 그리면서 '어서 들어오세요' 라고 말하는 듯이 우산을 높이 치켜들고 있다. 우산과 섬 부분만 청동색이고, 나머지는 황동색이었다.

— 우산고양이 놋쇠재떨이.

야마자키 씨는 그 재떨이를 손에 들고 바라보았다.

뭐야 이거? 어디서 샀어? 왜? 왜 이런 걸 사온 거야? 얼마 줬어? 응? 누나는 연달아 질문을 던졌다.

"역 뒤편에 있는 작은 잡화점에서 샀어. 골동품 같은 것들을 파는 가게야. 우산고양이 놋쇠재떨이. 이름이 좋잖아? 그래서 '이걸로 해야겠다' 싶어서 샀지. 이만팔천 엔이나 줬지만."

"이만팔천 엔?" 누나는 깜짝 놀라며 말했다. "너 정말 괜찮겠어?"

"응, 괜찮아."

"그래? 정말? 그렇다면야 상관없지만."

누나는 소파에 몸을 맡기듯 기대더니, 눈을 조금 가느다랗게 뜨면서 흐뭇한 얼굴로 말했다.

"고마워. 아주아주 기뻐."

그리고 그때, 그 말에 딱 맞춘 듯한 타이밍으로 야마자키 씨가 테이블 위에 재떨이를 내려놓았다. ─폴싹, 하는 느낌으로. 그것은 우산을 든 신비로운 고양이가 서쪽 바다의 작은 섬에 착지한 광경을 연상시켰다.

어쩌면 두 사람에게도 같은 광경이 보였는지도 모르겠다. 우리는 한동안 말없이 고양이를 바라보았다. 고양이가 실어 온 친밀한 공기 속에서, 지금 우리는 만족스런 시선으로 고양이를 보고 있었다.

"……좋았어." 야마자키 씨가 입을 열었다.

"그럼 한시라도 빨리 이 재떨이를 써볼까."

야마자키 씨는 담배케이스를 꺼내더니 짤깍 소리를 내며 열었다.

"아, 그러면 나도 기념 삼아 피워볼래."

누나도 몸을 내밀었다.

"그래? 그럼 이거 줄게. 동생은 어떻게 할래?"

내가 거절하자 야마자키 씨는 씩 웃었다. 두 사람은 각각 담배를 집어들었고, 나는 얼떨결에 지포라이터를 들었다.

"자아, 처녀 딱지를 떼는 거다."

야마자키 씨가 중대발언하듯 말했다.

"이거, 말보로 라이트요. 같이 사왔어요."

나는 큰 목소리로 말했다.

"얼른 불 붙이자."

누나도 재촉했다.

나는 라이터를 가슴 앞에서 잡고 부싯돌을 튕겼다. 파락, 하는 느낌으로 불꽃이 피어올랐다.

"자아, 처녀, 딱지 떼기다."

야마자키 씨가 속삭이듯 말했고, 이번에는 누나가 조금 웃었다.

두 사람은 담배를 물고, 내가 내민 라이터를 향해 양옆에서 가까이 다가왔다. 아주 신중한 표정으로, 입을 삐죽 내밀고, 눈을 조금 가운데로 모으면서.

나는 불꽃이 흔들리지 않도록 오른손에 힘을 꽉 주면서, 좌우 대칭으로 전개되는 광경을 바라보았다.

오른쪽에 야마자키 씨, 왼쪽에 누나. 가까이에 있는 불꽃에 비추어진 두 사람의 얼굴이 가슴 두근거릴 정도로 아름다워서, 나는 셔터를 누르듯이 몇 번이나 눈을 깜빡였다.

물론 두 사람은 일반적인 기준으로도 미인 축에 드는 얼굴이지만, 그 순간 두 사람의 모습에서는 풍경으로서의 아름다움이 배어나오고 있었다. 후욱, 하고 숨을 불면 곧바로 사라져버릴 것 같은 천재일우의 광경. 불꽃을 중심으로 한 비밀스러운 트라이앵글.

기적적으로 아름답고 귀중한, 그러나 아주 연약한. 그것은 마치 숨막힐 정도로 새빨간 노을을 배경으로 담장 위에서 마주 보고 있는 참새 커플 같았다. 나는 그것을 아주 멀리서 고성능 망원경으로 엿보고 있다.

이건, 하고 나는 생각했다.

이 순간을 어떻게든 봉해두고 싶다, 라는 기도와도 비슷한 마음. 떠오르는 물거품처럼 부글부글 끓어오르기 시작하는 마음. 전부 모아서 통조림처럼 담아두고 싶은 마음……

그런 농밀한 감정에 휩싸여서 막 어질어질해지려고 하는 바로 그때였다.

치칙, 하면서 야마자키 씨의 담배에 불이 붙고, 누나의 담배에서도 연기가 피어올랐다. 두 사람은 천천히 불꽃에서 멀어졌다.

찰칵 소리를 내며 지포라이터의 뚜껑을 닫았다. 나는 지포라이터를 고양이 재떨이 옆에 가지런히 내려놓았다.

우선은 기억해두자. 언제라도 꺼낼 수 있는 장소에 넣어둬야지.

그뒤에 두 사람은 말없이 담배를 피웠다.

야마자키 씨는 소파에 기대어 허공의 한 점을 바라보면서 정말로 맛있게 담배를 피웠다. 너무나 맛있게 피우는 모습에 감탄하면서, 나는 몰래 그 모습을 관찰했다. 빨아들일 때보다 연기를 토해낼 때 더 행복해 보이는 표정을 짓는 것이 재미있었다. 예외가 없었다.

반면에 누나는 진지했다. 등을 쭉 펴고 앞으로 몸을 기울이고 앉아서 빈틈없는 표정으로 담배를 피웠다. 천천히 신중히 빨아들이고, 짧고 간결하게 내뱉었다.

누나는 그렇게 몇 번 반복한 뒤에, 손을 뻗어서 재떨이를 가져왔다. 고양이가 자기 쪽을 향하게 하더니 발치에 재를 떨어뜨렸다.

"아, 한발 늦어버렸네."

야마자키 씨는 그렇게 말하며 소파에서 몸을 내밀었다.

그러고는 팔을 뻗어서 고양이의 조금 뒤쪽에 툭툭 재를 떨어뜨렸다.

또다시 침묵.

두 사람은 각자의 방식으로 연기를 내뿜고, 이따금씩 기억났다는 듯 재를 털었다.

우산고양이 놋쇠재떨이는, 벌써 몇 년이나 그렇게 있었던 것처럼 묵묵히 재를 받아 담고 있었다.

나는 테이블 중앙의 접시에 손을 뻗어서 큼직하게 잘라놓은 오이에 이쑤시개를 꽂았다.

오독, 오독오독, 오독오독오독.

정겹고 푸근한 소리가 난다. 사이좋은 두 흡연자를 위해, 나는 일부러 소리를 내며 오이를 씹었다. 오독, 오독오독, 오독오독오독오독. 오독오독오독오독.

내가 세번째 오이에 이쑤시개를 꽂았을 때였다.

"고등학교 졸업 후 처음이니까, ……거의 십 년 만인가."

누나는 담배를 재떨이에 대고는 원을 그리듯 돌리며 천천히 담배를 껐다.

"뭐가?"

"담배. 진짜 오랜만에 피워봐."

"청춘의 맛이 났어?"

"응."

누나는 웃으면서 소파에 기댔다.

"알지. 나도 화장실에서 담배를 피울 때는 고교 시절이 떠올라."

"잠깐, 난 그런 청춘 없어. 난 내 방에서 몰래 피웠다구. 입시 스트레스 때문에 말이야."

"자기 방에서……?"

야마자키 씨는 삼분의 일 정도 남은 담배를 힘차게 눌러 껐다.

"알았다. 그러면 그거군. 청춘의 담배 한 대. 에~ 처음으로 고백하기 전에 진정해 진정해, 하고 자신에게 말하면서 한 대. 하지만 차여서 한 대. 다른 선배에게 러브레터를 받고는 만세! 하면서 한 대. 데이트를 상상해보면서 실실거리며 한 대. 첫 데이트에서 돌아와서 일단 한 대. 손을 잡은 기념으로 한 대. 첫 키스 뒤에도 한 대. 그의 손이 가슴까지 뻗어와서 난 어쩌나 하면서 한 대. 기억을 떠올렸더니 가슴이 쿵쾅쿵쾅 뛰어서, 일단 한 대."

나와 누나는 동시에 풋 하고 숨을 내뿜었다. 야마자키 씨의 애기는 전체적으로 야했다.

"애, 남의 청춘을 멋대로 왜곡하지 마."

"그리고 말이야, 마지막에는 이러는 거야. '으~음, 첫 경험 뒤의 담배 한 대는 최고야.'"

"잠깐잠깐잠깐! 그건 또 무슨 소리야. 그건 네 애기잖아. 분명해. 더 들을 것도 없어. 안 봐도 눈에 훤히 보이는걸."

"아니라니까. 그때 난 침대 구석에서 오들오들 떨고 있었어. 아기 토끼처럼 말이야."

"말도 안 돼. 호랑이가 버터가 됐다는 애기가 더 믿기 쉽겠다."

누나는 딱 잘라 말하면서 자신의 유리컵에 맥주를 따랐다.

"뭣보다, 야마자키는 인기가 없는걸. 꽤나 미인인데도 말야."

"어, 그래?" 나는 놀라며 말했다. "어째서?"

나는 정말로 이해할 수 없었던 것이다.

"그래, 왜 인기가 없는 거냐고! 얼굴도 꽤 반반한데다가 스타일도 좋고, 그러면서 재력도 있고 완력도 있고, 성격도 적당히 까졌는데."

야마자키 씨는 역설했다.

"너에게는 말이야." 누나는 유리컵을 손에 들고, 꿀꺽 마셨다. "매력이 있어. 아주 멋지지. 하지만 그것밖에 없어. 그 매력 말곤 인기를 얻을 요소가 전혀 없다고."

누나는 내 유리컵에 천천히 맥주를 따랐다.

"조금이라도 매력이 있는 여자라면 말이야, 남자가 멋대로 환상을 품게 만들어. 예를 들면 밀짚모자를 쓰고 초원에 서 있는 순백의 소녀라든가, 다리를 다친 작은 새라든가, 오빠에게 찰싹 달라붙는 여동생 이미지라든가, 섹시함이 풍겨나는 누나라든가, 어머니의 자상한 이미지라든가. 뭐, 그런 유형적인 환상을 품게 되는 거지. 웃음이 나올 정도로."

나는 누나가 따라준 맥주를 핥아보았다. 쓰다.

"그걸 이용하면 인기를 얻는 건 식은 죽 먹기야. 실제로 어지간한 여자들은 본능적으로 그런 행동을 하고 있다고. 몸을 배배 꼬면서 말이야."

나는 버섯구이에 손을 뻗었다. 식었지만 아주 맛있었다. 육질이 두껍기 때문이군, 하고 분석했다.

"그런데 야마자키를 보면서 떠오르는 이미지는, 이를테면 여자 스파이 같은 거거든. 첩보부터 암살임무까지 다 커버할 수 있는 프로페셔널. 몰래 주사기 같은 것을 가지고 다닐 것 같은 타입. 집에 돌아가서 책장을 밀면 책장이 빙글 돌아가면서 연락용 무전기가 나오지."

"멋지잖아."

"확실히 그래. 그러니까 신자는 생겨. 야마자키 신자, 야마자키 마니아. 하지만 그건 인기를 얻는 것과는 달라."

"뭐가 다른데?"

"사귀는 단계로 발전하지 않잖아, 사귀는 단계로. 신자들도 이왕 사귀는 거라면 밀짚모자 소녀 쪽이 더 좋다고 생각할 거야."

"깨갱."

……깨갱? 방금 야마자키 씨는 분명 깨갱, 이라고 말했다.

"게다가 그 담배케이스는 또 뭐야. 그런 건 보통 남자가 여자에게 점수를 따려 할 때 쓰는 소도구잖아? 댄디즘의 연출이니 뭐니 해서."

"여기엔 딱 열두 개비가 들어간단 말야. 하루에 피울 담배 양을 제한하기 위해서 쓰는 거야. 실제로는 더 많이 피우지만."

"그렇다면 좀더 예쁜 걸 쓰면 되잖아. 왜 그렇게 미군부대에서 흘러나온 것처럼 생긴 걸 쓰는 건데? 왜 손때 묻은 듯

윤이 나는 물건을 고른 거야? 너는 그런 물건으로 남자를 위압하려는 거잖아."

"아~ 네, 맞습니다, 맞고요, 맞고말고요." 야마자키 씨는 말했다. "그 말씀이 맞습니다. 도코 씨께서 말씀하신 대로입니다. 사실은 나도 이런 걸로는 남자한테 인기를 끌 수 없다는 건 알고 있어. 그런데 어쩔 수가 없어. 이건 분명히 바닥나지 않는 서비스 정신이야. 지금은 누구에 대한 서비스인지 알 수 없게 되었지만. 그래도 계속 넘쳐나기 때문에 어쩔 수가 없어."

야마자키 씨는 담배케이스를 열고서 다시 담배를 꺼냈다. 둔탁하게 빛나는 은색 담배케이스. 니켈 도금된 그것에는 '1969'란 각인이 새겨져 있다.

"하지만 도코도 인기 없잖아."

"어, 그래?" 나는 놀라며 말했다.

"그래." 야마자키 씨는 담배에 불을 붙였다.

"어째서?"

나는 정말로 이해할 수 없었다.

"나는 수수하거든." 누나는 말했다. "야마자키 같은 매력이 없어. 전혀."

"아까부터 계속 매력에 연연하네."

"맞아. 여자는 매력이 있어야 해. 하지만 내 경우에는, 그 전에 촉촉함이 부족해."

"촉촉함?"

나는 놀라며 말했다.

"그래, 촉촉함. 뭐랄까, 페로몬 같은 거? 요염함이랄 수도 있겠고."

"왜 부족한데?"

"아니, 촉촉하던 시기는 있었어. 지금 안 그렇다는 얘기지."

"왜?"

"아마도, 균형이 맞게 되었기 때문일 거야."

누나는 무릎 집었다.

"특히 요 일 년 동안이 그런데, 여러 가지 일들의 균형이 맞아버렸어. 욕망이라든가 에고라든가 후회라든가, 현재 과거 미래의 일 같은 것들. 뭐랄까, 음…… 딱 맞아떨어져서 차분히 정리되어버린 거지."

"흐음" 하고 야마자키 씨는 말했다. "그건 도코에게는 좋은 일이야?"

"그건 모르겠지만, 일단 아주 쾌적해. 하루하루가 쾌적하고 안정되었다는 느낌이야. 그게 너무 기분이 좋거든. 그게 옳은지 그른지는 모르겠지만, 좋다 싫다로 구분하면 좋다고 할 수 있지."

"너 이혼한 지 얼마나 됐지?"

"……일 년 반인가."

"그런가, 벌써 그렇게 됐구나."

야마자키 씨는 담배를 재떨이 위에 기울이고 우산 위에 재를 떨어뜨렸다.

누나는 이혼했다……

나는 고양이의 가슴께를 향해 멍하니 시선을 던지고 있었다. 야마자키 씨가 떨어뜨린 담뱃재가 우산을 타고 고양이의 발밑으로 떨어진다.

—누나는 이혼했습니다. 누나는 이혼했습니다. 이혼했습니다.

그 사실은 조금씩 머릿속에서 굳어져갔다.

"……그렇구나, 누나는 이혼했구나."

나는 완전히 이해한 후에 말했다.

"엥, 넌 동생인 주제에 몰랐던 거야?"

야마자키 씨가 재미있다는 얼굴로 말했다.

"그러고 보니 얘기 안 했었네. 실은 말야, 난 이런저런 일들이 있어서 결혼했고, 더욱 이런저런 일들이 있어서 이혼했어."

누나는 꽈리고추를 집으면서 말했다.

"그, 그걸로 끝이야?" 야마자키 씨가 말했다. "동생은 처음부터 알아야 해. 만남부터 끝까지 다 알아야 하지 않을까?"

"시끄러워."

"아니, 그렇게 말할 게 아닌 게, 누나의 삶을 뒤에서 지켜보면서 포기하고 용서하는 것은 동생밖에 할 수 없는 중요한 역할이라고."

"……"

누나는 잠시 말없이 생각에 잠겼다.

"……뭐, 그럴지도 모르겠네."

누나는 나를 흘끗 보고는 다시 입을 다물더니, 천천히 이야기하기 시작했다.

"그러면 조금 더 자세히 말해줄게. 상대는 중견 전자제품 회사의 엔지니어였고, 조용한 성격이었어. 무슨 일을 하는지는 자세히 몰랐지만 일이 많아서 매일 바빴어. 만나고 나서 얼마 있다가 내가 먼저 작업을 걸었어. '우리가 결혼하면 분명히 즐거울 거야' 하고."

누나는 테이블의 접시에 눈길을 주면서 조금 빠른 어조로 말했다.

"그랬더니 '나도 어쩐지 그런 기분이 들어' 그러더라. 그렇게 사귀기 시작해서 결혼했어."

나는 누나와 처음 만났을 때를 떠올리고 있었다. 의외로 이 얘기와 비슷한 것이었는지도 모른다.

"결혼생활은 이 년 조금 넘는 기간이었지만, 그전의 이 년 보다는 훨씬 멋진 나날들이었어. 그렇게 보였지?"

"뭐, 그랬지."

야마자키 씨가 고개를 끄덕였다.

"나는 그 엔지니어의 행동거지라든가 말하는 것을 보고서, 아, 이 사람하고 나는 사물을 대하는 거리가 비슷하구나, 하고 생각했어. 거리. 어떤 입장으로 대하는가. 내가 말하는 거 이해돼?"

"대충은."

"살고 있던 장소라든가 학교라든가 일이라든가 음식물이라든가, 그런 환경이 다르면 성격이나 습관 같은 것도 당연

히 다르지. 하지만 사물에 대한 거리가 같다면 앞으로 일어
나는 일에는 같은 태도를 취할 수 있잖아? 어라, 나 지금 꽤
괜찮은 소리 했지?"

"응, 기억해둘게."

"거리라. 나도 기억해둘까."

"난 말야, 가까이 가는 것을 좋아하거든. 꿈이라든가 목표
같은 것들 말고, 그냥 뭔가에 가까이 다가가려 노력하는 태
도 말야. 가까이 다가섰다는 결과가 아니라, 가까이 가려고
하는 행위 자체가 좋은 거야. 무슨 말인지 알겠어?"

"모르겠어."

"으음~ 뭔가에 가까이 간다는 것은 딱히 특별할 건 없어.
더 나아지고 싶다고 생각하는 것도 아니고, 완벽을 지향하는
것도 아니야. 그냥 아주 작은 일이라도 그때그때 좋다고 생각
한 것을 꾸준히 검토하거나 시험해서, 최종적으로는 평생 동
안 이어지는 수준으로 정착시키고 싶은 거지. 자기 전에 하는
스트레칭의 순서라든가, 목욕을 하면서 이빨을 닦으면 효율
적이라든가 하는 작은 것들. 그렇게 자기가 생각하고 결정한
것이 습관이 되는 쾌감이란 게 있잖아? 지속되는 쾌감."

"뭐, 무슨 말인지는 알겠어."

야마자키 씨는 아스파라거스를 썹으면서 말했다.

"왜 그런지 모르겠지만, 난 그런 것만 생각하고 있어. 수영이라든가, 영어회화 공부라든가, 윗몸일으키기 같은 건 평생 동안 못 할 것 같으니까 흥미가 없어. 여행도 별로고. 어디엘 가더라도 마지막에는 돌아와야 하니까, 의미가 없다는 생각이 들고 말아. 이건 좀 다른 얘기지만 아무튼 그래. 물론 여행을 가면 즐겁지. 하지만 설레지가 않는 거지. 그런데 반대로, 음, 예를 들어 이 테이블을 봐. 그렇게 예쁘지는 않지만 전체적으로 보면 꽤 괜찮다는 느낌 안 들어? 겉모습, 편리함, 견고함, 그런 것들의 밸런스."

"그러네, 나는 좋아."

"그렇지? 이걸 사는 데 반년이 걸렸어. 구상 단계까지 포함하면 더 오래 걸렸을지도 몰라. 이걸 손에 넣었을 때, 이제 평생 테이블을 살 필요는 없다, 테이블에 관해서 나는 모든 것을 해냈다! 하고 생각했어. 그 수준까지 가면 그때부턴 이 테이블 앞에 앉을 때마다 만족감이 살며시 되살아나. 지속되는 쾌감. 아마도 그건 앞으로도 쭈~욱 계속되겠지? 그거야. 난 그런 것을 계속 찾고 있어. 그래서, 그런 부분에서 우리 부부는 아주 마음이 잘 맞았던 거지."

꿀꺽, 하고 누나는 맥주를 마셨다.

"둘이서 하면 청소 시간도 반으로 줄잖아? 우리에게 그건 획기적인 일이었어. 아니면 한 사람이 요리하는 동안 다른 한 사람이 욕실청소를 할 수도 있고. 우리는 그런 것에 푹 빠져 있었어. 서로 묵묵히 작업하는 거야. 어떻게 하면 효율적일까, 하고 눈을 반짝이면서 이야기를 나누기도 했고. 요일마다 시간표를 짜기도 했고. 바보 같았지."

"재미있었겠구만 뭐."

야마자키 씨가 말했다.

"그래, 아주 재미있었어. 그래도 이혼한 두 사람."

누나는 무슨 작품의 타이틀을 읊듯이 말했다.

"뭔가 계기가 있었어?" 내가 물었다.

"있기는 있지. 직접적인 원인은 불륜. 엔지니어가 바람을 피웠어. 너무 진부해서 말하기도 싫어."

누나는 말을 이었다.

"그 사실을 알게 되었을 때, 처음에는 따끔하게 혼을 내야 한다고 생각했어. '당신, 나 정말 화났으니까 앞으론 바람피우지 마! 지금 당장 끝내!' 이러면서 말야. 그게 내가 두던 거리였어. 하지만 이상하게도 화가 나지 않았어. 분노란 것이 전혀 밀려올라오지 않는 거야. 분명히 마음속 어딘가에서, 집 밖에서 일어나는 일은 어찌되든 상관없다고 생각하고 있었던 거야. 그리고 또하나 중요한 건, 애초에 나는 엔지니어가 바람피우는 모습을 도무지 상상할 수 없었어. 원래 여자하고는 인연이 없는 사람이었으니까, 그런 생각을 해본 적도 없었어. 엔지니어가 여자에게 작업을 건다든가, 여자 쪽에서 먼저 꼬리를 친다든가 하는 그런 장면 자체가 떠오르지 않는 거야. 눈곱만큼도."

"아, 그건 알 것 같아."

"그렇지? 그래서 내가 어떻게 하고 싶은지도 알 수가 없어서, 그런 생각들을 전부 그 사람에게 말했어. 있는 그대로. 당신의 소행은 전부 알고 있다. 일단 그건 옳지 않다고 생각한다, 하지만 난 그 장면을 상상할 수 없다, 솔직히 말하면 실은 별로 화가 나지 않았다, 라고 말이야. 그랬더니 엔지니어는 '그럼 헤어질까?' 하고 말했어. 농담처럼. 어쩌면 정말로 단순한 농담이었을지도 몰라. 하지만 그때 나는 '그렇게 할게' 라고 대답했어. 숨도 안 쉬고 곧바로. 그때도 난 아무렇지도 않았어."

누나는 잠시 침묵한 뒤에 유리컵을 바라보았다.

"뭐, 어쨌든 간에, 왜 이혼하고 싶어진 거냐고 묻는다면 엔지니어가 바람을 피웠기 때문이라고 대답할 수 있어. 즐거운 결혼생활이었는데. 그 녀석은 얌전한 강아지 같은 얼굴을 하고 바람을 피웠던 거야. 짜증나, 그 자식. 옛날에는 좋아했지만."

꿀꺽.

"아이가 없는 게 다행이었지. 그래도 이혼할 때는 아주 진이 쏙 빠지더라. 무지 귀찮아. 이혼관련 수속이나 신고 같은 거 있잖아. 하나부터 열까지 전부 다 귀찮아서 한없이 마음이 무거워지더라고. 정말 도중에 포기하고 싶어질 정도로. 아니, 실제로 나는 도중에 포기해버렸어. 이혼 같은 것은 정말 못 하겠다고. 그런데 그러고 있을 때 야마자키가 나와 엔지니어에게 명령해줬어. '자, 다음에는 저거 해' '좋았어, 그러면 다음에는 이거야' 하면서. 특히 엔지니어에게는 아주 엄했지. 하하. 하지만 녀석은 자기가 우유부단하다는 것을 자각하고 있었으니 의외로 야마자키에게 감사하고 있을지도 몰라. 응. 뭐, 어쨌든 우리는 야마자키 덕분에 어떻게든 끝마칠 수 있었어. 최후의 공동작업을. 고마워. 그건 진짜 고마웠어."

"어째 칭찬을 받아버렸네."

"덕분에 어떻게든 이혼할 수 있었습니다. 그리고 이 맨션도 손에 넣었고. 이 맨션에 있던 물건은 전부 엔지니어에게 가져가라고 했어. 내가 산 것이고 뭐고 전부 다. 그 물건들을 보면 화가 나서 견딜 수가 없다고 했지. 어떻게 보면 피도 눈물도 없는 행동이었어. 야마자키가 '괜찮아. 너는 피도 눈물도 없는 악마가 돼야 해! 악마야! 악마가 되는 거야!' 라고 응원해준 덕택에 그럴 수 있었지만. 덕분에 그뒤에 또 가구를 사 모으느라 일 년 정도는 정신이 없었어. 그래도 두번째라 카펫에서 접시에 이르기까지 전부 다 처음보다 좋은 물건을 살 수 있었어. 그런 초기화작업은 좀처럼 하기 힘들잖아? 올리셋. 그리고 지금은 이렇게 매일이 즐거워. 결국 나 혼자 승리했던 거야. 미안해질 정도로 그런 기분이 들어. 정말로. 더할나위없이 좋은 결과, 모든 것이 오케이. 고마워, 엔지니어. 이상이야. 하다보니 설명이 길어져버렸네."

마치 그림연극 같은, 막힘 없는 누나의 이혼극이었다. 특히 뒷부분에서 누나가 혼자 승리했다는 부분이 좋았다. 혼자 승리.

누나는 자신과 야마자키 씨의 유리컵에 맥주를 따랐다.

야마자키 씨는 어느샌가 다시 담배를 피우고 있었다.

나는 된장을 핥으면서 양상추를 베어물고 튀김을 먹었다. 조금 망설이다가 맥주도 한 모금 마셔보았다. 역시 쓰다.

야마자키 씨는 재떨이를 가까이 끌어당기더니 연기를 내뱉으며 말했다.

"아까 테이블 얘기 때문에 하는 말은 아니지만, 이제 평생 동안 재떨이는 안 사도 되는 거 아냐? 이 재떨이는 사람 손이 닿을수록 점점 쓸 만해지는 타입이야."

"응, 하지만 이건 야마자키 전용이야. 난 재떨이 필요 없거든."

"그렇구나. 그러네."

야마자키 씨는 고양이가 서 있는 섬 가장자리에 담뱃불을 비벼 껐다.

"그러면 동생에게는 내가 상을 주지."

"상?"

"그래. 내가 타고 온 자전거, 너한테 줄게."

"자전거!?"

"밑에 빨간색 바구니 자전거가 있을 거야. 그건 오늘부터 네 거다."

"너, 말은 큰 선심 쓰듯 하지만 실은 타고 돌아가기 귀찮아져서 그런 거지?"

"실은 그 이유도 있어."

"정말 그래도 돼?"

나는 물었다.

"괜찮아. 나는 전철 타고 갈 거니까. 어라? 혹시 많이 기뻐하는 거야?"

"응, 기뻐. 많이 기뻐."

"그거 잘 됐네. 사실 말이지, 그 자전거 어디 둘 데가 없어서 골칫거리였거든. 오늘 타는 것도 거의 일 년 만이었어."

"고마워, 아주 기뻐."

"뭘 그런 걸 가지고." 야마자키 씨는 말했다. "어이쿠, 그러고 보니 남매 모두에게 감사를 받아버렸군. 헷, 이거 왠지 좋은걸. 한번 저질러볼까 하는 기분이 들어. 응, 좋아, 그럼 한 곡 뽑아볼까. 그렇지, 너희 남매는 마시고 있어. 쭉쭉 마시라고. 나는 노래를 부를 테니까."

야마자키 씨는 활기찬 표정으로 일어서서 방 한구석으로 걸어갔다.

"또 시작이네……" 누나가 말했다. "야마자키는 술이 들어가면 만날 노래를 해. 지지리도 못 치는 기타를 치면서.
봐, 기타 잡는 거 보이지?"

야마자키 씨는 케이폭 옆에 세워져 있던 어쿠스틱 기타를
집어들더니 천으로 먼지를 털어냈다.

"저 기타도 실은 야마자키 전용이야. 이 집에는 야마자키
전용 물건이 한가득 있어. 네 물건보다 많을지도 몰라."

야마자키 씨는 끌어안듯이 기타를 잡았다. 줄을 튕기고
펙을 돌리면서, 지하수맥을 찾는 것처럼 네크에 귀를 가까이
가져갔다. 공명하는 줄이 파도치는 소리가 들린다.

"봐, 저건 튜닝 놀이야. 난 저거, 그냥 적당적당 건드리는
시늉만 하는 것같이 보이는데, 네가 보기엔 어때?"

"애매하네."

"시끄러워." 야마자키 씨는 말했다. "너희들은 계속 마시
고 있으라고 했잖아."

"네~ 그럽지요."

누나는 자기 잔에 맥주를 따르고, 거의 비어 있는 내 잔에
도 따라주었다. 누나는 기뻐하는 얼굴로 맥주를 마셨고, 나
도 한 모금 더 맥주를 마셔보았다.

야마자키 씨는 좋았어, 하고 말하며 기타를 고쳐쥐었다.

왼손의 손가락들을 하나하나 구부려서 줄을 누르고, 오른손을 가볍게 휘둘렀다.

장~ 하는 큰 소리가 방 안에 울려퍼지고, 야마자키 씨가 싱긋 미소지었다. 울려퍼진 화음은 서서히 줄어들었고, 그것이 들리지 않게 되기 직전에 다시 다른 화음이 장~ 하고 울렸다.

야마자키 씨는 기타의 감촉을 확인하는 것처럼 잠시 그것을 반복하다가, 이윽고 흥이 나기 시작했는지 오른손을 위아래로 스트로크하기 시작했다. 캠프파이어에서 모닥불 앞에 둘러앉아 어깨동무를 하고 노래할 때처럼, 같은 코드를 계속 반복했다.

우렁찬 코드 스트로크를 들으면서, 나는 다시 맥주를 마셔보았다.

맥주, 맛있네?

야마자키 씨는 기타를 치면서 작은 목소리로 뭔가 노래하고 있었다. 중얼중얼중얼중얼하는 것이, 노래라기보다 염불을 외는 것 같았다.

내가 조금 이상하다는 듯 야마자키 씨의 입모양을 바라보고 있자, 누나가 날두부가 담긴 작은 접시를 내 쪽으로 밀어주었다.

나는 날두부를 먹고 맥주를 마셨다. 이참에 담배도 피워 볼까, 하는 생각이 들었다.

야마자키 씨는 여전히 열심히 염불을 외고 있다. 담배연기와 알코올과 음악이 충만한 이 방에서는 모든 것의 경계가 희미해져가는 듯했다. 나와 누나와 야마자키 씨의 경계. 케이폭과 놋쇠재떨이의 경계. 지금과 방금 전의 경계. 음악과 공기의 경계. 축제날 밤의 노점상들처럼 모든 것이 몽롱하게 흐릿해지고, 둥글둥글하게 서로 섞여들고 있었다.

담배는 피우지 말자. 방금 전과 지금의 경계선에서 나는 생각했다. 이윽고 썰물이 빠져나가듯이 기타 소리가 멈췄다.

"……다 됐다."

야마자키 씨가 말했다. 그 목소리는, 음이 멎은 방 안에 조용히 울렸다.

"그럼 모두 들어봐. 노래 제목은 〈나는 우산 고양이〉야."

야마자키 씨는 기타를 치면서 이상한 노래를 부르기 시작했다.

  G   C   G

우리는 우산 고양이 뚭뚜두루두두~

  G   C   G

남쪽 섬에서 뚭뚜두루두두~

  D   C   D

아버지의 유품인 이 우산을 오늘도 쓴다

  G

뚭뚜두루두두~

  D   C   D   C

인기 없는 여자가 나타나서 하늘에서 재를 뿌리지만

  D   G

우산이 있으니까 괜찮아~ 괜찮아~

G   C

하지만 맘에 걸리는 게 있어

D   C

우리는 알아버렸어~

(내레이션)

우리…… 우, 우리의 정체는……

C   D

우리는 놋쇠였다~

Em   D   Em   D

어째서 우리는 놋쇠일까 어째서 우리는 놋쇠일까

Em   D G

어차피 우리는 놋쇠야~

         C   G
놋쇠, 놋쇠, 놋쇠, 놋쇠 뚭뚜두두루두두~ 냐옹~

         D   C   G
우·리·는·우·산·고·양·이·냐옹~

　우리는 날이 샐 때까지 떠들다가 결국 지쳐서 잠이 들었
다. 나와 누나는 각자의 방으로 돌아갔고, 야마자키 씨는 소
파에서 잤다.

　내가 눈을 뜬 것은 점심때가 지나서였는데, 야마자키 씨
도 누나도 그땐 이미 나가고 없었다.

　나는 부엌으로 가서 물을 마셨다. 냉장고에 붙어 있던 이
력서에 키스 마크가 찍혀 있었다.

　이런 짓을 할 사람은 야마자키 씨겠지, 하고 생각했지만,
왠지 누나가 한 것 같기도 했다. 한가운데에서 조금 오른쪽
위. 전체적인 밸런스를 잡는 것처럼, 그것은 뚜렷하게 찍혀
있었다.

◇

심야의 주유소는 거대한 살충등 같다.

수은등이 빛의 입자를 흩뿌리고, 유한회사 이와이 석유의 모습을 흐릿하게 떠오르게 한다. 발밑에는 빛에 도려내진 그림자가 은은하게 번져가는 담묵화처럼 우두커니 서 있었다.

가토 씨는 사무실 안에서 선잠을 자는 중이다. 새벽 세시부터 네시 사이, 한 시간 동안 나는 혼자서 가게를 지킨다. 내가 전반적인 업무를 다 익히고 교대로 휴식을 취할 수 있게 된 지도 벌써 몇 주일이 지났다.

나는 고요한 이 시간대가 좋았다.

혼자가 되고 나서 잠시 시간이 지나면, 문득 나를 둘러싼

공간에서 소리가 사라지는 것을 느낀다. 갑자기 내려오는 적막. 무음(無音). 나는 귀를 기울이고 그것을 듣는다. 차의 연속적인 소음에 익숙해진 귀는 오히려 무음을 들을 수 있게된 것이다.

귀를 더욱 쫑긋 세우면, 서서히 다른 소리가 들리기 시작한다.

호흡 소리. 지금, 나의 숨소리만이 세상에서 들리는 소리의 전부였다.

나는 정비용 독에 서서 무의미하게 심호흡을 되풀이했다. 심야 특유의 습한 공기를 폐 안쪽으로 느끼면서, 천천히 숨을 들이쉬고, 내쉬어본다.

그리고 나는 자전거와 마주 보았다.

야마자키 씨에게서 받은 빨간 자전거. 나는 그것에 '어디든지 갈 수 있는 티켓 2', 줄여서 '어디2'라고 이름 붙이고, 손님이 거의 오지 않는 이 시간대를 이용해서 정비를 했다.

우선 첫날에는 전체에 물을 뿌리고 걸레로 간단히 닦아냈다. 칙칙해 보이던 '어디2'는 일단은 되살아난 듯한 모습이 되었다.

휴식을 끝내고 밖에 나온 가토 씨는 그것을 보고는 "오, 상당히 깨끗해졌네" 하고 말했다. 그러고는 '어디2' 앞에 허리를 굽히고 앉아서 자전거 프레임에 남아 있는 기름때를 손가락으로 가리키면서 "휘발유가 좋아, 한짱" 하고 덧붙였다.

"이런 기름때 없애는 데는 말이지, 실제로 휘발유가 제일이라구. 휘발유로 닦아주면 뭐든지 깨끗하게 씻겨나가거든."

다음날, 나는 못 쓰는 천에 휘발유를 듬뿍 적셔서 프레임을 닦아나갔다. 가토 씨가 말한 대로 효과는 발군이었다. 반짝반짝 빛이 나는 '어디2'를, 휴식에서 깨어난 가토 씨가 기뻐하며 바라보았다.

"남은 건 녹뿐이네, 한짱. 이런 건 말이지, 녹만 없애면 완전히 새것으로 돌아온다고. 사포 같은 걸로 팍팍 밀어버려."

다음날부터 나는 녹 제거작업에 착수했다.

이 작업은 간단하지는 않았다. 조금씩 녹을 벗겨내고, 녹방지제를 발랐다. 체인커버 뒤쪽이나 안장의 스프링 부분에 끈질기게 달라붙어 있는 녹을 완전히 제거하는 데 거의 일주일이 걸렸다.

녹이 없어지고 반짝반짝 새것 같아진 '어디2'는 야마자키 씨가 타고 왔던 빨간 자전거하고는 완전히 딴판이라, '어디3'

라고 부르고 싶을 정도였다.

가토 씨는 또다시 만족스럽게 그것을 바라보았다.

"기름이든 뭐든 마음대로 써. 556도 있고 공업용 그리스도 있고, 차에 쓰는 엔진오일도 있으니까. 체인에다 바르면 훨씬 부드럽게 돌아갈 거야."

그래서 오늘은 기름을 쳐줄 예정이었다.

나는 정비용 독에 상비되어 있는, 556이란 숫자가 적힌 스프레이를 꺼냈다. '어디2' 옆에 쭈그려앉아서 일단 브레이크 레버의 와이어 고정부를 겨냥해서 스프레이를 뿌려보았다.

미끌미끌한 윤활유가 금속 접합부에 침투해간다. 레버를 잡고 쥐었다 폈다 반복하자 확실히 동작이 부드러워진 것을 알 수 있었다. 기분이 좋아져서, 핸들이나 시트 접합부, 시트 포스트의 레버 같은 곳에 차례차례 뿌려나갔다.

그리고 드디어 체인 차례. 체인의 기름때를 없애기 위해 일단 못 쓰는 천에 휘발유를 잔뜩 묻혀 닦아보았다. 그러자 또다시 놀랄 만큼 깨끗해졌다.

가토 씨, 나는 마음속으로 중얼거렸다, 이런 데엔 휘발유가 최고 같아요, 실제로.

엔진오일 캔을 꺼내서 내용물을 오일주입기에 넣었다. 카스트롤 5W40. 걸쭉한 황금색의 액체가 우아한 속도로 오일 주입기에 채워져간다.

다시 '어디2' 옆에 쭈그려앉아서, 체인의 각 마디마디마다 조심스럽게 기름을 뿌려나갔다. 동글동글 곡선을 그리고 있는 금속에 오일이 스르륵 퍼져나가며 안쪽까지 침투해간다.

기름을 치고 나서 체인을 돌리고, 다시 기름을 치고 체인을 돌렸다. 그리고 딱 체인이 한 바퀴쯤 돌았을 때, 나는 문득, 정말로 문득, 그것을 알아차렸다.

그때를 기억해낼 때마다 나는 항상, 길을 잃고 사람이 사는 마을로 들어와버린 작은 동물을 머릿속에 떠올린다. 그녀는 그 정도로 갑작스럽게 나타난, 어쩐지 이 자리에 어울리지 않는 불청객이었다.

내가 고개를 들었을 때 그녀는 그냥 그 자리에 있었다. 달에서 내려온 것처럼 그렇게, 그 자리에 서 있었다.

나는 그때 숨을 삼키며 그녀를 바라보고 있었던 것 같다. 무엇을 해야 할지 곧바로 머릿속에 떠오르지 않았던 것이다.

그녀는 주유소 안에 들어와 있었다. 옆에는 스쿠터가 있었고, 그녀는 얼굴을 완전히 덮는 헬멧을 쓰고 있었다.

그녀는 정적 한가운데 서서, 조용히 내 쪽을 살펴보고 있었다.

— 손님이다.

나는 급유기 쪽으로 뛰어갔다. 그리고 "어서 오세요" 하고 인사하고는, "이쪽으로 오세요"라고 덧붙였다.

그녀는 천천히 스쿠터를 끌기 시작했다.

나는 이 별난 손님을 지켜보았다.

그녀는 한 걸음씩 신중하게, 그러나 전체적으로는 미끄러지듯 급유기를 향해 다가왔다. 가만히 보고 있으니 마치 그녀와 스쿠터가 하나의 생물인 것처럼 느껴지기도 했다. 소리가 없었던 것도 당연한 것이, 그녀는 걸어서 들어왔던 것이다.

나는 평소보다 작은 몸짓으로 조용히 그녀를 급유기 쪽으로 유도했다. 그녀는 여전히 신중한 움직임으로 스쿠터를 정지시켰다.

"가득 채워드릴까요?"

내가 물어보자 그녀는 헬멧을 쓴 채로 고개를 끄덕였다.

"잠시만 기다리세요."

나는 조작 패널로 돌아들어가서 현금 코드와 급유기 번호를 입력했다.

헬멧 밑으로 검고 긴 머리카락이 보였다. 몸집이 아주 작은 여자아이 같았다. 작은 어깨 위에 얹힌 커다란 헬멧이, 마치 언밸런스한 탈인형 같다.

차광 실드에 가려서 그녀의 표정은 전혀 보이지 않았지만, 나는 그 너머에 있는 커다란 눈을 상상하고 있었다. 크고 밝게 빛나는 고성능의 눈. 들여다보면 쭈욱 하고 줄어들 것 같은, 자유자재로 신축하는 동공.

나는 노즐을 꺼내서 기름을 넣기 시작했다. 평소보다 신중하게 작은 탱크를 채워간다. 현실감이 희박한 무음의 공간에, 급유기의 펌프 소리만이 들려왔다.

일 리터가 조금 못 들어가 탱크는 꽉 찼고, 나는 노즐을 빼냈다.

"팔십이 엔 입니다."

그녀는 백 엔짜리 동전을 꺼냈고, 나는 거스름돈과 영수증을 건네주었다.

"감사합니다."

나는 한 발짝 뒤로 물러서서 그녀가 잔돈을 지갑에 넣는 것을 지켜보았다.

다 끝내고 보니 그냥 보통 손님이었다. 그녀는 휘발유를 넣기 위해서 이곳에 찾아온 것이지, 클리닝을 부탁하러 온 것은 아니었다. 그녀가 이렇게 밤늦게 찾아온 것, 소리를 내지 않고 들어온 것, 결국 한마디도 입을 열지 않았던 것, 급유량이 일 리터도 되지 않았던 것. 평소와 조금 다를 뿐인 이런 사실들도, 실제로는 뭔가가 평소하고 조금 다를 뿐이다, 라는 정도에 지나지 않았다.

하지만 다음 순간, 그녀는 예상외의 행동을 했다. 그것은 아주 기이한 일이고 보통은 있을 수 없는 행동이었다.

그러나 그녀는 지극히 자연스럽게 행동했다. 자동개찰기를 통과하는 것처럼, 정말 자연스러웠다. 그 행동이 당연해 보여서 전혀 이상한 생각이 들지 않았다.

그래서 받아들였던 것이다.

그녀는 스쿠터에 올라타더니 헬멧을 쓴 채로 돌아보며, 감사합니다, 하는 느낌으로 인사했다. 그리고 스타트 버튼을 눌러서 시동을 걸었다.

그러고는, '아, 그렇지, 잊고 있었네' 라는 듯 주머니에 손을 넣더니 하얀 봉투를 꺼냈다. 그리고, 이거 받으세요, 항상 드리던 거예요, 하는 듯 나에게 내밀었다.

나는 그것을 받아들었다. 아무런 문제도 없었다.

그녀는 다시 앞쪽을 바라보고, 천천히 전진했다.

그녀와 스쿠터는 느릿느릿 나아가 국도 앞에서 일단 정지하더니, 방향지시등을 몇 번인가 깜빡거렸다. 그리고 스르륵 시야에서 사라져갔다. 잠시 후에 타타타타타, 하는 엔진 소리가 들려왔지만, 이윽고 그것도 사라졌다.

그녀는 봉투를 남기고 갔다. 마치 택배 영수증이라도 건네듯 무심히.

그것은 이력서를 넣을 때 쓰는 것과 같은 하얀 봉투였는데, 입구 주변이 풀로 단단히 봉해져 있었다. 손에 전해지는 무게로 내용물의 두께를 짐작할 수 있었다.

나는 그것을 가슴 안쪽 주머니에 넣었다. 맹렬하게 유쾌한 예감이 들었다. 그 감정은 아무리 뚜껑을 닫아도 끊임없이 솟아올라왔다.

나는 '어디2' 곁으로 돌아왔다.

편지. 러브레터. 처음 뵙겠습니다. 친구가 되어주세요. 행운의 편지. 어떤 초대. 티켓. 항의의 편지. 앙케트. 권유. 할인권.

여러 가지 가능성이 있었지만, 어쨌든 유쾌한 기분이었다.

나는 '어디2' 옆에 쭈그리고 앉아서 페달을 천천히 손으로 돌렸다. 오일이 전체에 골고루 스며들게 하기 위해서였다. 페달을 돌리던 손을 멈추자, 크랭크의 회전수보다 빨리 돌던 바퀴가 달칵달칵 소리를 내면서 헛돌았다.

봉투는 휴식시간에 뜯어보자. 일하는 중에는 안 된다.

흩어져 있던 도구들을 정리하고 '어디2'에 올라탔다. 나는 '어디2'를 타고 주유소 주위를 트랙 삼아 달렸다. 기름을 친 효과가 있었는지 아주 부드럽게 움직였다. 내가 페달을 밟자 '어디2'는 어제보다 경쾌하게 그것에 응해주었다.

이대로 속도를 내고 노래를 부르며 어디론가 떠나가고 싶은 기분이었다. 일하는 중이다, 일하는 중이야, 하고 소리내어 말하며 나는 마음을 진정시켰다.

그뒤에 차 몇 대가 와서 기름을 넣었다. 나는 평소보다 담담하게 일하도록 노력했다.

손님이 없어지면 나는 이따금 봉투를 꺼내서 바라보았다. 아직 일하는 중이다, 일하는 중이야, 하고 소리내어 중얼거리고 도로 주머니에 집어넣었다. 이렇게 가토 씨가 목이 빠지게 기다려진 적은 처음이었다.

오늘 들른 차들 중 가장 큰 트레일러를 급유기 쪽으로 유도하고 있을 때, 마침 휴식을 마친 가토 씨가 나왔다. 새벽 네시 정각이었다.

가토 씨와 둘이서 같이 하니 일의 능률이 대폭 올라갔다. 우리는 완벽한 콤비를 이루어 남은 일들을 처리해갔다.

내가 창문을 닦으면 가토 씨가 재떨이를 체크하러 가고, 내가 기름을 넣으면 가토 씨가 계산을 맡는다. 완성된 무언의 콤비네이션은 항상 나를 자랑스러운 기분으로 만들어주었다.

카드 전표에 사인을 받고, 우리는 손님을 배웅했다.

"감사합니다!"

내가 외치고, 조금 늦게 가토 씨도 소리쳤다. 트레일러가 주유소를 나가자, 가토 씨는 평소대로 "수고했어" 하고 말했다.

"별일 없었어?"

"아뇨, 특별한 건 없었어요."

나는 살짝 거짓말을 했다.

"그래, 그러면 계산대 체크는 내가 해둘 테니 들어가서 쉬어."

나와 가토 씨는 사무실을 향해서 걸었다.

"오늘도 자전거 정비 했나?"

가토 씨는 걸어가면서 '어디2' 쪽을 바라보았다.

"오늘은 기름을 쳤어요."

"그래, 그거 좋지. 기름을 쳐주면 상태가 훨씬 좋아져. 좀 더 가볍게 나가지?"

"그랬어요, 약간."

"그렇다고. 친 것과 안 친 것은 금방 차이가 나."

사무실에 들어간 가토 씨는 계산대 앞에 앉았다.

"요즘에는 자전거에 기름을 치는 녀석이 거의 없어져버렸어. 치는 것과 안 치는 것은 천지차이라고, 실제로. 가끔씩 아주 큰 소리를 내면서 브레이크를 잡는 녀석이 있지? 끼이이이이이 하고 말이야. 그런 거 보면 한 대 패주고 싶어지잖아. 자전거 정도는 알아서 정비하란 말이야."

가토 씨가 계산대에서 비밀번호를 입력하자 칭, 하는 소리를 내며 현금이 들어 있는 트레이가 튀어나왔다. 가토 씨는 평소처럼 계산대의 현금을 체크하기 시작했다. 우선은 오천 엔짜리 지폐다발을 꺼내서 한 장 한 장 세어나간다. 다 세고 나면 이번에는 역순으로 다시 한번 센다. 근무자가 교대할 때는 반드시 계산대의 금액을 확인하고 나서 인수인계하게 되어 있다.

나는 자동판매기에서 캔커피를 뽑았다. 휴식 갈게요, 하고 말하려는데, 먼저 가토 씨가 입을 열었다.

"아~ 어째 귀찮네. 이런 건 나하고 한짱이 일할 때는 안 해도 되는데 말이지."

가토 씨는 다 센 오천 엔짜리 지폐를 착착 쌓아서 계산대 안에 넣었다. 이어서 천 엔짜리 지폐 묶음을 꺼내서 반으로 접었다.

"뭐, 하지만 말이지, 이런 일을 하다보면 계산대의 돈을 빼가는 녀석도 있으니까, 실제로. 그러면 다른 사람이 피해를 입게 되니까 어쩔 수가 없지."

"그렇죠, 뭐."

나는 대강 맞장구를 쳤다. 이미 몇 번이나 들은 얘기였다.

"아, 맞다. 한짱, 체인에 무슨 오일을 썼어? 556? 아니면 엔진오일?"

가토 씨는 천 엔짜리 다발을 세면서 물었다.

"엔진오일이요."

"오, 그렇구나, 그래. 그게 좋지, 그게. 실제로 말이야, 556 같은 건 편해서 좋지만 비가 내리거나 하면 금방 씻겨나가버리거든."

가토 씨는 말을 마치고는 손에 쥐고 있던 천 엔짜리 지폐로 시선을 떨어뜨렸다. 그리고 "응?" 하고 중얼거리더니, 다시 지폐를 툭툭 쳐서 한데 모았다.

"반대로 공업용 그리스 같은 건 확실히 최강이지. 비가 오든 진흙을 뒤집어쓰든 절대로 안 씻겨나가니까. 하지만 그 대신 아주 지저분해져. 그러니까 결국 중간이라고나 할까, 엔진오일쯤이 딱 좋아."

가토 씨는 처음부터 다시 천 엔짜리 지폐의 숫자를 세기 시작했다.

"엔진오일은 말이야, 원래 자동차 엔진에 쓰려고 만든 거라서 아주 고성능이거든. 그런 고성능 오일을 사용한 바구니 자전거는 일본 전국을 뒤져봐도 별로 없을 거야, 실제로."

가토 씨의 손끝 움직임이 다시 둔해지기 시작했다.

"한짱이 시속 백 킬로로 달려도 전혀 문제없다고, 그 오일은."

가토 씨는 그렇게 말한 뒤에 나를 보며, 그렇다니깐? 하며 웃음을 던졌다. 그러고 나서 손 쪽으로 시선을 되돌리고는 "응?" 하고 중얼거렸다.

"그러면 들어가서 좀 쉬어."

가토 씨는 지폐다발을 툭툭 한데 모으더니, 다시 처음부터 세기 시작했다.

"예, 그러면 실례하겠습니다."

나는 그렇게 말하고, 가토 씨는 "응" 하고 대답했다.

"그럼 다섯시에 보자."

나는 휴식실의 문을 열었다. 안주머니 속에는 하얀 봉투가 들어 있었다. 뒤에서 또 가토 씨가 "응?" 하고 말하는 소리가 들렸다.

갑자기 편지를 받고 많이 놀라셨을 줄 압니다.

저도 이 편지를 써야 할지 말아야 할지 적지 않게 고민했습니다. 결국 다 쓰고 난 뒤에도 전해야 할지 말아야 할지 많이 망설였습니다. 그러니까 만약 이 편지를 한자와 씨께서 보고 계시다면, 그것은 저의 망설임이라든가 부끄러움이라든가 상식 같은 것을 다 떨쳐내버리고 최대한의 용기를 쥐어짜내서 건네드린 것이니, 그걸 봐서라도 부디 끝까지 읽어주시기를 부탁드립니다.

그러면.

갑작스럽게 편지를 드리게 되어 죄송합니다. 저는 우루시바라 레이코라고 합니다.

'우루시바라' 라니, 이상한 성이지요? 한자와 씨는 '우루시(漆)' 라는 한자를 쓸 수 있으십니까? 저는 초등학교 1학년이 끝나갈 무렵에야 쓸 수 있게 되었는데, 너무 복잡해서 당시에는 정말 싫어했습니다.

그 무렵에는 노트를 새로 사거나 시험을 볼 때 '오가와(小川)' 나 '야마모토(山本)' 처럼 단순한 한자로 된 성을 가진 아이가 부러웠지요. 지금도 저는 이름은 심플한 것이 제일이라고 생각하고 있습니다. 그래서 제 이름은 한자로 쓰기보다는 그냥 우루시바라라고 가타카나로 쓰는 편을 좋아합니다. 그렇게 쓰고 보면 뭔가 비밀이 담긴 듯한 느낌이 나는 것도 마음에 들고요.

저(우루시바라)는 지금 대학에 가기 위해서 공부를 하고 있습니다. 흔히들 말하는 재수생이지요. 입시학원 같은 곳에는 다니지 않습니다. 입시학원의 교실에 응축되어 있는 필사적인 느낌이 부담스럽고, 또 무엇보다 공기가 이상하게 건조한 것이 영 맞지 않았습니다. 코가 건조해지는 것도, 정전기가 파직파직 일어나는 것도 마음에 들지 않았습니다. 그때마다 수명이 일 초씩 줄어드는 것 같은 기분이 들었습니다.

저는 매일 집에서 공부를 합니다. 집은 좋습니다. 파직파직도 비장감도 없습니다.

공부는 밤에만 하기 때문에, 아침이 되고 나서야 잠자리에 드는 습관이 생겨버렸습니다. 꼭 낮 동안에 해야 하는 일도 없고 딱히 누군가와 만나거나 하지도 않기 때문에, 최근 한동안은 낮에 자는 생활이 계속되고 있습니다.

옆에서 보면 낮과 밤이 뒤바뀐 조금 이상한 생활이겠지만, 저는 전혀 신경 쓰지 않습니다. 아버지 어머니 역시 특별히 뭐라고 이야기하지 않으십니다. 부모님은 제가 절대 합격 못 할 줄 알았던 고등학교(조금 유명한 명문고입니다)에 붙은 뒤로, 제 생활에 아주 너그러워지셨습니다.

저는 오후 네시쯤이 되면 꾸물꾸물 일어납니다. 일어나서 한동안은 멍하니 드라마 재방송 같은 것을 보다가, 샤워를 하거나 체조를 하거나 합니다. 그리고 여섯시쯤 되면 저녁식사 준비를 돕습니다.

저녁식사는 오랜 시간 천천히 진행됩니다. 어머니는 낮 동안에 하는 방송을 보고 얻은 지식, 예를 들면 양파가 피를 맑게 한다든가 하는 유의 이야기를 좋아하시고, 동생은 체육

수업이나 요즘 모으고 있는 카드에 대해 이야기합니다. 저도 지지 않고 어제 풀었던 수학 문제에 대해 이야기하기도 하지요. 아버지는 대개 맥주를 마시면서 그런 이야기를 듣다가, 이따금씩 호오~ 하고 감탄하거나 웃거나 하십니다.

저녁시간이긴 하지만 저에게는 아침식사인 셈이기 때문에 양에 부담을 느끼기도 합니다. 그렇지만 아침식사를 거르지 않는 것이 몸에 좋다고 해서 꼭꼭 챙겨먹으려 하고 있습니다.

식사 후에는 개에게 먹이를 주거나 동생을 놀리거나 하다가, 대개 여덟시 전에는 제 방으로 돌아옵니다.

책상 위에는 반년 전에 한꺼번에 샀던 문제집이 스무 권 가까이 쌓여 있습니다. 저는 그것들을 전부 풀어나갑니다. 멈추지 않습니다. 모르는 문제는 해답을 통째로 베껴씁니다. 생각하는 것은 문제집을 다시 볼 때로 미뤄두고, 어쨌든 앞으로 나아갑니다.

풉니다. 지치면 맨손체조를 합니다. 그리고 다시 풉니다. 가끔씩은 스쿼트를 하기도 합니다. 그리고 다시 풉니다. 간식을 먹을 때도 있습니다. 다 먹고 나면 다시 문제를 풉니다.

계속 풀다보면 아침이 됩니다. 그러면 가족이 일어나는

기척이 들립니다. 저는 대개 그쯤에 공부를 마치고 인사를 하러 나갑니다. 어머니와 아버지는 "안녕" 하고 말씀하시지만, 동생은 "잘 자"라고 합니다. 그렇게 말하는 게 너무나 재미있는 모양입니다. 여태 질리지 않는 걸 보면 역시 어린애구나, 하는 생각이 듭니다.

아버지와 동생이 나가고 집 안이 조용해진 후에야 저는 방으로 돌아가서 잡니다.

하루하루가 이런 식으로 지나갑니다. 외출은 거의 하지 않습니다. 저는 오로지 대학에 가기 위해서 이런 오소리 같은 생활을 하고 있는 것입니다.

한자와 씨는 아직 어린 여자아이가 이런 생활을 하는 것이 비참하다고 생각하시나요? 저도 확실히 조금은 병적이구나, 하고 생각합니다. 하지만 요즘의 저는 이런 생활을 즐기고 있기도 합니다.

집 안은 쾌적하며 안전하며 또 익숙한 곳입니다. 습도도 딱 좋고 목욕탕도 있습니다. 마음 내킬 때에 외출할 수도 있습니다.

밖에 있다가 집으로 돌아오는 생활보다도, 집에 있다가 밖에도 나가는 생활이 저에게 더 맞는 것 같습니다.

학교에서 할 때는 지루했던 공부도 이렇게 내 방 책상에서 본격적으로 해보니 상당히 즐겁고 보람 있는 일이었습니다. 저는 지금 이천 피스짜리 직소퍼즐을 맞추는 것처럼 열심히 문제를 풀고 있습니다. 지금의 저에게는 '해설, 예제, 연습'의 흐름이 아름다운 코드 진행처럼 또렷하게 머릿속에 들어옵니다. 그것은 예를 들어 솔개에게 '선회, 활공, 포식'이 기본적인 리듬이듯, 제 생활의 거의 전부가 되어 있습니다.

물론 바깥세상에는 더 즐거운 것들이 넘쳐나고 있겠지요. 하지만 밤에 하는 공부도 나름대로 충분히 재미있습니다. 분명 굴 속에 있는 곰도 저와 마찬가지로 굴 속 생활을 즐기고 있을 것이 틀림없습니다. 그리고 적어도 굴 밖의 곰과 다를 바 없을 정도로 행복할 것이라 생각합니다. (오소리는 족제비과니까 곰은 아닙니다만……)

요즘에는 목표로 하고 있는 대학에 붙을 자신도 조금씩 생기기 시작했습니다. 어차피 이런 오소리 같은 생활도 봄까지만 하면 끝입니다. 하지만 그때까지는 푹 빠져서 즐겨보고 싶습니다.

그런 이유로 저는 굴 속에 꼭꼭 틀어박혀 있습니다. 이렇게 지내고 있으면 세상이나 친구들의 소식은 거의 들려오지 않습니다. 반년 전까지만 해도 '그애는 이 시간에 아르바이트를 하니까 그곳에 있을 거다'라든가 '이 아이는 아홉시 이후에 만날 수 있을 거다' 하는 사실들을, 지금 생각하면 이상할 정도로 꼼꼼히 파악하고 있었습니다.

하지만 요즘 외부에서 들어오는 정보는, 텔레비전이나 신문을 제외하면 어머니에게서 듣는 건강정보나 동생 친구들의 이야기 정도가 전부입니다.

그런데 한 가지, 제가 얻는 바깥세상의 정보가 또하나 생겼습니다.

그것은 한자와 씨에 대한 정보입니다.

한자와 씨에 대해서 제가 아는 것은, 이와이 석유의 서비스 스태프라는 것. 밤 열한시부터 아침 여덟시까지 일하고 있다는 것. 세시부터 네시까지는 혼자 일하고 그뒤에는 휴식시간이라는 것. 토요일 밤과 수요일 밤에는 쉰다는 것. 요즘에는 자전거를 만지작거리고 있다는 것. 그리고 다른 한 명의 아저씨는 항상 바지 뒷주머니에 수건을 찔러넣고 있어서 수건이 축 늘어져 있다는 것.

이 정보들을, 저는 제 책상 앞에 앉아서 얻습니다.

실은 제 방 창문에서 다 보인답니다. 저는 공부하다가 콩알만한 주유소 직원들을 바라보고 있습니다.

처음에는 지친 눈을 쉬게 할 생각이었습니다. 주유소에서 꿈틀거리는 콩알을 쳐다보는 게 눈 운동으로 딱 좋겠다고 생각했습니다. 눈이 나빠지지 않도록 '해설, 예제, 연습'의 사이클을 한 번 돌 때마다 꼭 눈 운동을 하는 습관을 들였습니다. 처음에는, 열심히 일하고 있는 오빠들을 눈 운동 하는 데 이용하다니 뻔뻔하네, 하는 느긋한 생각까지 하면서 눈을 깜빡거리곤 했습니다.

시간이 지남에 따라 각각의 콩알들을 구별할 수 있게 되고, 또 요일마다 다른 콩알들이 나타나는 것도 알게 되었습니다.

저는 그 콩알만한 크기의 오빠들에게 멋대로 별명을 붙여보았습니다. 그리고 각각의 특징을 메모했습니다. 점점 재미있어져서, 요일마다 바뀌는 오빠를 표로 만들어보기도 했지요.

끝내는 쌍안경을 사용하기에 이르렀습니다. 아버지가 등산 갈 때 늘 챙겨다니시는 카를 차이스 사의 8×40 프리즘식 쌍안경입니다. 눈 운동으로 시작한 것이 레벨이 점점 높아져서, 들새 관찰 같은 수준에까지 이르러버린 것입니다.

매일 오빠들에게 뭔가 변화가 일어납니다. 오늘은 '안경'이 자신의 차를 닦았다든가, 오늘은 '수건 아저씨'의 움직임이 깔끔하지 못하다든가, 그런 것을 저는 한 줄짜리 일기처럼 적어나갔습니다.

한자와 씨와 다른 오빠들에게는 상당히 실례되는 이야기겠지요. 죄송합니다. 하지만 의미도 목적도 없는 그 작업은 공부하다가 한숨 돌리는 데 안성맞춤이었습니다. (게다가 눈 운동도 됩니다!)

그런 관찰의 나날을 보내던 중 어느 날, 마음에 드는 오빠가 나타났습니다. 바로 '신입'이었습니다.

'신입'은 두 달 전에 갑자기 나타났습니다. '신입'은 처음에는 불안한 모습으로 수건 아저씨의 뒤를 따라다닐 뿐이었습니다. 아무것도 못하는 '신입'은 저에게 있어 전에 없을 정도로 자극적인 관찰 대상이었습니다.

마치 저 자신이 '신입'을 키우는 것 같은 기분이 들었는지도 모르겠습니다. 조금씩 일을 익혀가는 '신입'에게 저는 푹 빠져버렸습니다.

첫 급유. 첫 정산. 쌍안경 저 너머에서 '신입'은 나날이 변화하고, 그리고 성장해갔습니다. 저는 '신입'의 변화를 정신 없이 쫓으며 '신입'의 성장을 내 일처럼 기뻐했습니다.

한 달이나 지났을 무렵입니다.

성장한 '신입'은 드디어 세시부터 네시까지 혼자 일하게 되었습니다. 드디어 '신입'이 한 사람 몫을 하는 주유소 종업 원이 되었구나, 하고 생각했습니다.

축하해! '신입', 신입을 졸업했어!

그날의 관찰일기에는 그렇게 씌어 있습니다. 그리고 저는 신입을 졸업했기 때문에 더이상 '신입'이라고 부를 수 없겠 다고, 신기할 정도로 단호히 생각했습니다.

그날 저는 행동을 개시했습니다. 밤중이라면 더욱 눈에 띌 것 같았기 때문에, 아침 일곱시 반쯤, 일부러 혼잡한 시간 대를 노려 그 일을 실행에 옮겼습니다.

수건 아저씨가 오면 어쩌나 걱정도 했지만, 운좋게도 그 분은 하얀 자동차 쪽을 맡고 있었습니다. 그리고 저의 스쿠 터 쪽에는 '신입'이 달려와주었습니다.

"현금 결재로, 꽉 채워드리면 되나요?"

상상했던 것보다 낮은 목소리로 '신입'은 물었습니다. 침 착한 목소리였습니다. 괜히 주위를 두리번거리거나 머뭇거리거나 긴장하거나 하는, 제가 멋대로 상상하고 있던 신입다움은 어디에도 없었습니다.

제가 고개를 끄덕인 것을 확인한 '신입'은 물 흐르는 듯한 동작으로 휘발유를 넣기 시작했습니다. 저는 가슴속이 뭔가로 가득 차오르는 듯한 기분을 맛보며 그것을 지켜보았습니다.

이윽고 급유가 끝나자 '신입'은 돈을 받으러 왔습니다. 저는 거기에 갔던 목적을 달성하기 위해 '신입'의 이름표를 확인했습니다.

— 서비스 스태프 한자와

'신입'이었던 '한자와 씨'에게, 저는 이백 엔을 건넸습니다. 한자와 씨는 능숙한 손놀림으로 거스름돈을 주고(삼십육 엔이었습니다), 저를 국도까지 유도해주었습니다.

그후로 벌써 이 주일이 다 되어갑니다. 제가 한자와 씨에게 이 편지를 건넬수 있을지 어떨지 모르겠습니다만, 만약이 편지가 전해진다면 지난번까지 포함해서 만나는 것은 두번째가 됩니다.

한자와 씨는 지금 편지를 받고 어떤 생각을 하셨나요? 놀라셨나요? 기쁘셨나요? 아니면 기가 차셨나요? 당황하셨나요? 아무 느낌도 없으셨나요? 애, 바보 아냐? 하고 생각하셨나요?

역시 이런 식으로 갑자기 편지를 전하는 일은 없겠죠.

사람과 사람이 알게 되고 친구가 되고 연인이 되는 것은 같은 반이 되거나 우연히 잠시 이야기를 나누거나 하는 식의 작은 인연이 계기가 되어서 발전해가기 마련인데, 제 방에서 한자와 씨가 보인다고 편지를 보내서 이러쿵저러쿵 떠드는 것이 어쩐지 법률을 위반하는 듯한 기분마저 듭니다.

하지만 저는 생각합니다. 인연 같은 것은 상관없지 않을까, 하고요.

대학이나 회사를 선택할 때는 자료를 조사하면서 무한에 가까운 선택지 속에서 몇 개인가를 고릅니다. 반대로 상대편은 테스트나 면접이나 이력서로 이쪽을 선택하겠지요. 그리고 서로의 합의를 바탕으로 커플이 성립됩니다.

저는 친구나 연인 역시 그와 비슷하면 된다고 생각합니다.

인연보다도 면접, 우연보다도 이력서. 그 편이 오히려 친구를 만드는 올바른 법이라고 생각하는데, 어떻게 보시나요?

다만 제 경우에는 일상생활 속에서 다른 사람과의 인연이 생길 리가 없으니, 처음부터 이런 방법밖에 없지만요.

마지막으로 저의 부탁을 들어주세요. 실례가 된다면 정말로 죄송합니다.

저는 한자와 씨를 더욱 알고 싶고, 조금만이라도 좋으니 한자와 씨가 저를 알아주셨으면 좋겠습니다.

한자와 씨가 밤중에 일하는 것을 제가 알고 있는 것처럼, 제가 즐겁게 공부하고 있단 것을 한자와 씨도 알아주셨으면 좋겠습니다. 휘발유를 넣으면서, 아~ 지금쯤 우루시바라는 공부하고 있겠네, 하고 생각해주시면 이루 말할 수 없이 기쁠 것 같습니다.

만약 괜찮으시다면, 정말로 괜찮으시다면 말이지만, 다음 번 근무를 하실 때 세시 반쯤에 이쪽 방향을 향해 신호를 해주시지 않으시겠습니까? 국도 쪽을 보고 해주시면 제가 볼 수 있습니다. 손을 흔들어주시면 최고로 좋겠지만, 갑자기 손님이 들어오다가 이상한 사람이라고 생각할 수도 있으니 체조를 하는 것은 어떨까요? 무릎운동이나 스트레칭이라도 상관없습니다. 기왕이면, 우루시바라도 공부 열심히 해~ 하고 생각하면서 해주시면 더욱 기쁘겠습니다.

멋대로 부탁드려서 죄송합니다. 마음 내키실 때 하셔도 좋습니다. 그럼, 오랫동안 시간 빼앗아 죄송합니다. 일 열심히 하세요.

우루시바라로부터

한자와 씨에게

◇

　"상당히 특이한 러브레터네."

　긴 시간을 들여 편지를 다 읽은 누나가 말했다. 감탄한 것
같으면서도 웃긴다는 듯한 말투였다.

　"이게 러브레터야?"

　"당연하지. 너, 이렇게 기합이 바짝 들어간 러브레터는 함
부로 남에게 보여주는 거 아니다?"

　"그," 나는 조금 분개하면서 말했다. "그렇지만 보여달라
고 했잖아. 안 된다고 하는데도."

　"당연히 그럴 수밖에 없지. 네 얘길 듣고 나면 누구라도
그럴걸."

웬일로 일찍 귀가한 누나에게 나는 새벽에 만난 스쿠터 소녀 이야기를 했다. 편지를 받을 때까지의 이야기였다. 누나는 그뒤로 열네 번 연속으로 보여줘 보여줘, 라고 졸라댔던 것이다.

"그래서, 너는 체조할 생각이야?"

"응, 일단은."

"호오~" 누나는 감탄했다. "좋은걸. 한밤중에 체조를 하는 료와 그것을 멀리서 바라보는 우루시바라. 꽤 낭만적인데?"

"그런가?"

"그래. 그때의 두 사람을 하늘에서 내려다본다고 생각해봐. 사랑스러운 한 폭의 그림이잖아. 특이한 러브레터긴 하지만, 최종적으로는 아주 아름다운 곳으로 끌어들이고 있다고."

"나는 뭐 꼭 러브레터는 아닌 것 같다는 기분이 드는데."

"하긴, 좋아한다든가 사귀어달라든가, 노래하지는 않았으니까. 하지만 어떤 세상으로 끌어들이고 있다는 건 확실해."

"어떤 세상이라니?" 나는 물었다.

"아주 아름다운 곳 말야. 우루시바라 월드라는 이름의, 심야에 쌍안경으로 주유소를 바라보며 마음을 따스하게 하는 세계."

"그러면, 러브레터라기보다는 초대장이네."

"아, 그거 좋네. 초대장."

나와 누나는 테이블을 끼고 마주 앉아 있었다. 영락없이 남매간의 회의 같은 모습이었다.

"이 초대장의 뛰어난 부분이 어딘지 알아?"

누나의 질문에 나는 잠시 생각한 뒤에 대답했다.

"……어쩐지 고개를 끄덕이게 되는 것 아닐까?"

"그래, 그것도 있어. 어쩐지 받아들여버리게 되지. 그리고 말야, 내가 마음에 들었던 건 열의. 이 열의가 참 좋아. 아무리 생각해도 닫혀 있다고밖에 말할 수 없는 우루시바라 월드를 누군가와 나누어 가지기 위해 열심히 말을 풀어내는 모습이 정말 최고야."

"그리고 이름이 좋아, 우루시바라라는 발음."

"그래? 그건 단순히 취향 문제겠지."

누나는 히죽 웃었다.

"너 벌써 푹 빠졌구나. 그렇지?"

"으음~" 나는 신음했다. 듣고 보니 내가 정말 빠져 있는 것 같은 기분이 들기 시작했다.

"겉으로 보기에는 어땠어?"

"글쎄, 헬멧을 쓰고 있어서 자세히는 못 봤는데……"

나는 어젯밤을 떠올려보았다. 길을 잃고 사람이 사는 마을로 들어온 작은 동물.

"우선은 몸집이 작고 조용한 분위기였어. 헬멧은 그다지 어울리지 않았어. 누가 억지로 씌워놓은 것 같았거든."

"흐음~"

누나는 머릿속으로 우루시바라를 그려보려는 듯했다. 달에서 내려온 것 같았다, 하고 덧붙여야 할지 어떨지 나는 망설였다.

"일단은 헬멧을 써서, 뭐지? 하는 궁금증부터 유발시킨다는 건가. 그런 수수께끼를 미끼로 삼아 편지의 내용 속으로 끌어들이는 거구나."

"작전인가?"

"아니, 재능이지. 천부적인 재능. 난 말야, 천재의 행동에서 의미나 필연성을 발견해내고 내 입맛에 맞게 감탄하는 것이 취미야."

누나는 즐거운 듯 웃었다.

"뭐, 하지만 우루시바라가 정말 굉장한 것은 이 편지를 건 넸다는 점이야. 정말로 전해줬으니까. 그것도 료에게 직접 전달했다는 점이 우수하지. 이게 수건 아저씨나 안경 알바생에게 넘어갔으면 차마 눈 뜨고 못 볼 상황이 벌어졌을걸."

"수건 아저씨는 가토 씨라고 하는데, 말이 아주 많아." 나는 설명했다.

"'실제로'란 말이 입버릇인데, 그래도 친절하고 좋은 사람이야."

"수건 아저씨는 별로 관심 없어."

누나는 정말로 흥미 없다는 듯 말했다.

"누나는 좋아하는 사람 있어?"

"무슨 소리야, 그건. 여기서 왜 그런 얘기가 나와?"

"아니, 그냥."

누나는 나를 보고 살짝 웃었다.

"유감이지만 없어. 나는 사랑을 하는 재능이 고갈되어버렸어. 요전에도 말한 적 있지? 분명히 나는 십대에 발정기가 끝나버린 거야. 원숭이들이 모여 사는 산봉우리에 우두커니 서 있는 원숭이 같은 거지. 등이 둥글게 굽은 늙은 원숭이."

나는 그 원숭이를 머릿속에 그려보았다. 자기 할일을 다 끝마쳤다는 표정으로 바람을 맞고 있는 원숭이. 어째서인지 그 원숭이의 모습은 극히 리얼하게 내 머릿속에 떠올랐다. 눈까지 마주쳐버렸다.

"그게 말이야⋯⋯" 나는 말했다. "그러면 누나는 엔지니어 씨의 어디가 좋았어?"

"엔지니어 씨라." 누나는 조금 웃었다.

"그 사람은 귀여웠어. 수염이 짙었지만 그것 말고는 귀여웠지. 그러니까, 엔지니어가 남동생이었다면 좋았을 거야."

"남동생⋯⋯"

"그래. 실은 말야, 나는 엔지니어를 사랑하지 않았어. 물론 좋아했고, 같이 살면서도 쾌적했고 즐거웠어. 하지만 집착심이랄까, 그런 것이 전혀 없었어. 그래서 그쪽이 바람을 피워도 별다른 생각이 안 들었던 거야. 뭐야! 바람피웠어? 그건 안 되지, 용서받기 힘든 일이야, 하고 염라대왕처럼 생각할 뿐이었거든."

염라대왕⋯⋯

"그러면 누나는 왜 결혼한 거야?"

"그냥 드라마 같은 것의 영향이지 뭐."

116

"드라마?"

"그래, 나는 의외로 단순하거든." 누나는 말했다. "요즘엔 진짜 나 자신을 찾는다 뭐다 하면서 결혼을 그만두거나 하는 드라마가 있잖아? 영화나 노래도 있고. 나다운 것이라든가 스스로를 높인다든가 하는 거. 그게 마음에 안 들어. 게다가 그런 것에 영향을 받아서 반짝반짝 빛나는 '나다운 여자'가 정말로 있기도 하잖아. 믿기 힘들게도 말이야. 끽 해야 자립하는 것뿐인데도, 결심한다거나 선택한다거나 입장을 표명한다거나 하는 바람만 잔뜩 들어간 발상에 공감할 수가 없었어. 그런 건 약간의 예상능력과 기초체력만 있으면 되는 거잖아? 난 말이지, 그런 것에 반골정신을 불태우는 사이에 결혼해야겠다는 마음이 부글부글 끓어올랐던 거야."

"그렇구나."

대답은 그렇게 했지만 사실은 잘 이해할 수 없었다.

"그것보다 말야, 료. 오랜만에 저녁밥 같이 먹을래?"

"응, 좋아."

"아까 집에 올 때 장어를 살까 하다가 그냥 왔거든. 가게에서 장어를 지글지글 굽는 모습을 보고 발을 멈췄는데, 참아야 하느니라, 하고 그냥 집에 와버렸어. 그런데, 지금 그걸

아주 후회하고 있는 참이거든……"

누나는 일어서더니, 내 옆으로 다가왔다.

"역 앞에 '가와테이'라는 장어구이집 있는 거 알지? 사오
는 것하고 집에서 밥을 지으며 기다리는 것하고 어느 쪽이
좋아?"

"밥 지으면서 기다리는 쪽."

"그래? 사오는 쪽이 좋지 않아?"

"아니 밥 짓는 쪽이 나아."

"하지만 곰곰이 잘 생각해보면 역시 사오는 쪽이 낫겠
지?"

"아니, 하나 고르라면 기다리는 편이 좋아."

누나는 흠, 하고 말하며 내 머리를 쓰다듬었다.

머리카락이 잘 나 있는지 체크하는 것 같았다. 시장에서
쭉 늘어놓은 '머리'의 품질을 감정하는 일류 바이어, 나는 어
쩐지 그런 것을 상상했다.

누나의 오른손은 가마를 따라 원을 그리더니, 뒷머리를 거
쳐서 목에 다다랐다. 그러고는 왼손을 내 목덜미에 갖다댔다.

"으랏차!"

누나는 갑자기 외쳤다. 그리고 동시에 있는 힘껏 내 머리

를 테이블에 밀어붙였다.

"으억" 하고 나는 소리쳤다. 누나가 목덜미 뒤쪽을 깨문 것이다.

너무나 황당한 사건에 나는 몸이 경직되었다. 누나의 이빨과 손톱은 분명히 내 목을 파고들고 있었고, 거기에는 확실한 살기가 담겨 있었다. 움직이면 위험하다고 생각했다.

—너를 상처 입힐 생각은 없어. 하지만 조금이라도 움직이면 이빨과 손톱을 더 깊이 찔러넣겠어.

누나는 그 자세 그대로 이빨과 손톱을 갖다대고 있었다.

—제가 졌습니다. 반격할 생각은 추호도 없습니다. 정말입니다. 진심으로 졌습니다.

나는 저항하지 않고 꼼짝도 하지 않았다. '누나가 뒤에서 목을 깨물었을 경우의 대처법'은 호신술 책에 실려 있지 않았다.

잠시 동안 그대로 있다가 누나는 천천히 이빨을 떼고, 이어서 손톱도 뗐다.

나는 조심조심 고개를 들었다.

"뭐야? 뭐지? 뭐였어?"

나는 돌아보며 말했다.

"마운팅. 어느 쪽이 보스인가를 일깨워준 거야."

입 주변에 흐르는 침을 손으로 닦아내면서, 누나는 미소 지었다.

"내가 밥을 지을 테니까, 그 사이에 장어 이 인분 사와. 어서."

누나는 어느새 부엌을 향해 걷고 있었다.

"알았어……"

목 뒤쪽을 누르면서 나는 대답했다.

무섭도다, 마이 보스. 나의 보스는 반골정신이 넘치는 아주 유니크한 사람이다.

◇

관객이 다 빠져나간 무대를 나아간다.

정확히 오전 세시 반. 나는 주유소의 가장자리에서 걸음을 멈췄다.

전방에는 편도 이차선 국도. 단속적인 자동차의 흐름이 소리와 빛을 연출하고 있다. 무음과 굉음의 반복. 헤드라이트가 강렬하게 허공을 비추고, 테일 램프가 붉고 부드러운 여운을 남긴다.

국도 저편에는 상업 빌딩과 맨션이 드문드문 흩어져 있고, 상야등인지 뭔지 하는 불이 여기저기 켜져 있었다.

이렇게 보면 이런 시간에도 세상에는 여러 가지 빛이 있었다. 그리고 그 빛들 중에는 우루시바라의 방도 있겠지.

나는 빛의 집단을 향해서 인사를 했다. 그리고 입 속으로, 공부 열심히 해, 우루시바라, 하고 말했다.

나는 무릎에 손을 짚고 천천히 무릎운동을 했다. 네댓 번 반복한 뒤에 다리를 벌리고 한쪽씩 펴는 스트레칭을 한다.

다음으로는 아킬레스건을 풀어주고, 손목과 발목을 돌린다. 등을 쭉 펴고, 옆구리운동을 한다. 머리와 어깨를 충분히 풀고, 팔을 앞에서 위로 올리고 등을 펴는 운동을 한다. 마지막으로 심호흡.

나는 다시 앞을 바라보고 정중하게 인사를 하고, 뒤로 돌아 사무실로 돌아갔다. 매시 정각마다 튀어나오는 뻐꾸기시계 같네, 하는 생각이 들었다.

대기용 의자에 걸터앉아서 시계를 올려다보았다. 세시 삼십오분이었다.

나는 캔커피를 한 모금 마시고 의자에 깊숙이 앉았다. 한가했기 때문에 우루시바라에 대해서 생각해보았다.

쾌적한 습도가 유지되는 방에서 문제집을 펼치는 우루시

바라. 이미 '해설'은 우루시바라의 머릿속에서 잘 소화되어 있었고, 앞으로 나아가야 할 길은 '예제'에 의해 확연히 드러나 있었다. 그것의 안내를 받아 우루시바라는 '연습'으로 나아갔다.

길을 잘못 들지 않도록 세심한 주의를 기울이며 우루시바라는 나아간다. 때때로 장애물이 우루시바라가 가는 앞길을 막고, 가끔씩 두 갈래 길이 우루시바라에게 선택을 강요한다.

막다른 길. 함정. 거짓 간판. 무한 루프. 눈속임. 지름길. 비밀통로. 일방통행. 세이브 포인트.

중요한 것은 판단력이었다. 상상하고 판단하는 능력. 체계화된 지식과 축적된 경험이 그 능력을 기술로 정착시킨 것이다.

우루시바라는 그 길을 간다. 의지와 용기의 횃불을 높이 들고 심야의 삼단논법을 밟아나간다. 길은 즐거우면서도 험하고, 그리고 무엇보다 고독했다.

그래서 지금, 우루시바라에게는 휴식이 필요했다.

우루시바라는 시각을 확인했다. 정확히 새벽 세시 반. 카를 차이스 사의 8×40 프리즘식 쌍안경을 집어드는 우루시바라.

사무실의 문이 벌컥 열리고 '신입'이 똑바로 걸어나온다. '신입'은 주유소 가장자리까지 와서 꾸벅 인사를 한다.

거기서 '신입'이 시작한 것은, 언뜻 보기에는 평범한 체조였다.

실제로 그것은 그저 흔히들 하는 무릎운동과 스트레칭에 지나지 않았다. 하지만 우루시바라는 그것이 자신에게 보여주는 특별한 체조임을 알고 있었다.

지금, 같은 하늘 아래서 '신입'의 호흡을 인식한 우루시바라가 있고, 그 인식을 인식한 '신입'이 있다.

서로의 인식은 서로를 몇 겹으로 감싸서 출구 없는 하나의 완성된 세계를 구축하고 있었다.

다른 이가 개입할 수 없는 두 사람만의 세계. 관찰과 응원이라는 심플한 행위에 순화된 따스한 세계. 심야의 우루시바라 월드.

(하늘에서 세상을 내려다본다.)

우루시바라는 팔꿈치를 고정시키고 쌍안경을 잡고 있다. 적당한 긴장감을 온몸에 두른 채 자신의 의지로 몸을 경직시키고 있다.

그것은 마치 쌍안경과 하나가 된 생물처럼 보인다. 생물의 이름은 '관찰'. 가지런히 모은 다리와 둥글게 구부린 등, 머리카락 한 올 한 올이 소리없는 속삼임 같은 것을 발하고 있다.

관찰하는 거다. 예스. 관찰하는 거야. 예스.

우루시바라의 온몸에 모인 관찰 파워는 안구로 집중된 뒤 곧바로 전방을 향해 뻗어나간다. 그것은 쌍안경의 접안렌즈를 꿰뚫고, 카를 차이스 사의 숙련공에 의해 조정된 직각 프리즘에 의해 두 번 굴절된 뒤에, 대물렌즈의 광축과 겹쳐져서 관찰 대상으로 뻗어나간다.

똑바로 뻗어나간 그것은 한없이 제로에 가까운 오차로 '신입'에 명중한다.

"어때?" 수염을 기른 카를 차이스 사의 숙련공이 이쪽을 보며 윙크한다. 그리고 '신입'은 우루시바라를 위해서 천천히 발목을 돌린다.

(꽤 낭만적인걸?)

하늘에서 누나의 목소리가 들린 듯한 기분이었다.

나는 몸을 좌우로 흔들어서 의자에 고쳐앉고는, 다시 시계를 올려다보았다.

세시 사십오분.

나는 커피를 한 모금 마시고, 사무실 바깥쪽으로 눈길을 돌렸다.

몇 대의 차들이 오른쪽에서 왼쪽으로 지나간다. 잠시 시간이 흐른 뒤에 이번에는 왼쪽에서 차들의 집단이 나타나고, 떠나간다.

자동차라는 탈것은 자연스럽게 집단을 형성하며 달리는 경향이 있다는 얘기를 들었다. 특히 심야가 되면 그런 경향이 강해진다고 한다.

또 열 대 안팎의 집단이 주유소 앞을 지나간다.

저 차 한 대 한 대마다 운전하고 있는 사람이 있다고 생각하니 어쩐지 신기한 기분이 들었다. 그리고 그 한 사람 한 사람에게 각각의 스물네 시간이 있고, 그 사람들의 형제나 연인에게도 또 각각의 스물네 시간이 있다고 생각하자, 더욱 신기한 기분이 들었다.

나는 커피를 남김없이 들이켜고 자리에서 일어나서 캔을 버렸다. 그리고 다시 의자에 걸터앉아 우루시바라, 우루시바라, 하고 중얼거려보았다.

(푹 빠졌지?)

또 누나의 목소리가 들리는 듯했다.

다음날도, 휴일을 보낸 뒤의 그 다음날도, 나는 시간이 되면 체조를 했다.

체조란 것도 해보니 꽤 즐거운 일이었다. 세시 반이라는 시간도 체조를 하기에 딱 좋은 시간이었다.

나는 이런 기회를 준 우루시바라에게 감사했다. 그리고 체조하기 전에, 공부 열심히 해, 우루시바라, 하고 소리내어 말하는 것도 잊지 않았다.

오늘의 체조 시간까지는 아직 이십 분 정도가 남아 있었다.

한동안 손님이 오지 않아서 주유소에 상비되어 있는 잡지를 집어들고 펼쳐보았다. 자동차 잡지였다. 표지부터 경박해 보이는 잡지였는데, 내용은 그 이상으로 경박했다. 젊은이와 차. 차와 젊은이. 나는 팔락팔락 그것을 넘기다가 별자리 운세가 실린 페이지를 발견하고 손을 멈추었다. 경박한 잡지 중에서도 특히 경박한 페이지였다.

나는 내 생일을 기억해내고, 지면을 노려보았다.

이번달의 사수자리는—

'전체적으로 대인관계 운이 화려합니다. 상대에게서 좋은 소식이 올 것 같군요. 기분상으로는 몸을 움직이기 힘들겠지만 조금씩이라도 전진하도록 노력합시다. 20일 이후에는 조금 저항감이 들기 시작합니다. 행운을 부르는 포인트는 무슨 일이라도 남과 잘 협조하려는 마음입니다.'

뭔 소리야 이게?

대충 신사에서 보는 점의 '소길'과 '중길' 사이쯤이라는 정도는 알 수 있었지만, 그 이상은 알 수가 없었다. 애초에 내가 사수자리인지 아닌지부터가 헷갈렸다. 하지만 역시 사수자리라고 봐야겠지.

잡지를 덮고 선반에 도로 올려놓았다. 별자리 운세의 문장들과 비교하면 우루시바라의 편지는 정말로 이해하기 쉬웠다. 그런 편지라면 망설임 없이 팍팍 보내도 괜찮을 것이다. 또 그렇게 세상을 창조하려는 시도라면 몇번을 계속해도 누구도 뭐라 하지 못할 거였다.

또 우루시바라에 대해서 생각하고 있네, 하는 생각이 들었다.

세시 이십분.

손님은 오지 않았다.

나는 일어서서 기지개를 켜고 자동판매기 앞에 섰다. 캔커피를 뽑을까 하다가, 어차피 또 휴식시간 전에 살 건데, 하며 참았다. 나는 다시 한번 기지개를 켜고, 무릎에 손을 짚었다.

무릎운동.

벌써부터 몸이 체조를 원하고 있었다. 그것은 조금 뒤에 할 체조를 위한 준비체조라는, 상당히 정성스런 행위였다.

나는 그때 문득, 체조를 끝낸 뒤에 호신술 동작도 보여주자는 생각이 들었다. 내일도 계속해서 그렇게 해보자. 매일 하면 된다.

저녁 무렵의 산책과 호신술 수련은 지금도 계속하고 있었다. 비가 오는 날과 다른 볼일이 있는 날 외에는 매일 공원에 들렀다. '그림으로 보는 호신술의 모든 것'의 내용도 점점 심오해져서, 현재의 단계는 두 사람의 강도가 칼을 들이댔을 때의 대처법이었다.

(다만 이와 같은 경우에는 처음부터 상대의 말을 거스르지 않는 편이 현명하다. 섣불리 저항하는 기색을 보여서 상대를 흥분시키면 오히려 내 자신이 위험해지는 것은 당연한

결과. 상대를 자극하지 않도록 요구에 순순히 따르면서 냉정하게 상대의 틈을 찾는 것이 중요하며, 무엇보다 자신과 주위 사람의 안전을 제일로 생각해야 한다. 정의와 재산을 지키는 것보다 생명의 안전에 유의해야 한다는 사실을 잊어서는 안 된다. 그러면 제군의 건투를 빈다!)

세시 이십사분.

나는 무릎운동을 마치고 다시 의자에 앉았다. 졸음을 쫓으려고 목운동을 하고 있을 때, 스쿠터의 엔진 소리가 들려왔다.

드디어 왔구나, 하고 생각했다.

밖으로 나가자 낯익은 스쿠터가 급유기 근처까지 들어와 있었다. 역시 맞구나 하는 생각도 들지 않을 정도로, 나는 처음부터 그 스쿠터가 우루시바라라는 것을 알고 있었다.

나는 어떤 태도를 보일지 정하지 못하고 있었다. 손님으로 대하는 것도, 친구처럼 말을 거는 것도 이상할 것 같았다. 아직 태도는 정하지 못했는데 발이 멋대로 움직여, 나는 급유기 옆에 도착했다.

우루시바라가 엔진을 껐다.

지난번처럼 고요한 정적이 흘렀다.

"어서 오세요."

나는 때리면 튀어나오는 장난감 상자처럼 말했다.

우루시바라는 여전히 헬멧을 쓴 채로 이쪽을 보았다.

"현금 결재로 가득 채워드릴까요?"

낯익은 헬멧이 세로로 끄덕였다.

"알겠습니다."

상자는 이제 텅 비어서, 더이상 나올 것은 아무것도 없었다. 나는 도망치듯이 조작 패널로 돌아들어가서 현금 코드와 담당 번호를 입력했다. 입력하면서 필사적으로 우루시바라에게 할 말을 생각했다.

— 체조는 어땠나요?

— 체조를 했는데, 보였나요?

— 체조는 어땠어?

— 체조

나는 급유기 번호를 두 번이나 잘못 입력했다. 이거야 완전히 '신입' 인걸. 꼭 만담의 정석적인 레퍼토리 같았다.

나는 패널 조작에 집중하면서, 웃는 얼굴, 하고 생각했다. 일단은 웃는 얼굴로, 올바르고 안전하게 급유하는 것이 나의 일이다.

나는 우루시바라 쪽을 향해서 고개를 들었다.

웃는 얼굴.

"실례하겠습니다."

나는 그렇게 말하고 휘발유 탱크 뚜껑을 열었다. 급유노즐을 신중하게 탱크 입구에 갖다대고 살살 트리거를 당겼다. 스쿠터에 급유를 할 때는 휘발유가 넘치지 않도록 각별한 주의가 필요하다.

탱크는 눈 깜짝할 사이에 가득 찼다. 들어간 휘발유는 0.5리터도 되지 않았다. 나는 급유를 멈추고, 노즐을 원래 위치에 되돌려놓았다. 영수증이 인쇄되는 소리가 찌직찌직 울려퍼졌다.

삼십이 엔. 영수증에는 착실하게 그 금액이 인쇄되어 있었다. 거의 본 적이 없을 정도로 낮은 금액이었다.

"삼십이 엔 되겠습니다."

나는 말했다.

우루시바라는 오십 엔짜리 동전을 나에게 내밀었다.

"십팔 엔 거슬러드립니다."

우루시바라는 거스름돈을 받아들고 주섬주섬 그것을 집어넣었다. 웃는 얼굴. 나는 웃는 얼굴로 그것을 지켜본다. 우루시바라는 키를 꽂고 스타트 버튼을 눌렀다. 끼링끼링끼링 하는 이상한 소리가 나다가, 타다당 하고 시동이 걸린다.

우루시바라는 감사합니다, 하고 말하듯 고개를 끄덕이다가 아, 맞다맞다, 하는 느낌으로 주머니를 뒤지더니 봉투를 내밀었다.

지난번과 똑같았다. 낯익은 하얀 봉투. 우루시바라는 그것을 나에게 내밀었다.

"고마워."

나는 손을 내밀어서 봉투를 받아들었다. 타, 타, 타, 타, 하는 스쿠터의 엔진 소리가 상쾌하게 들렸다.

"오늘도 체조할 거야" 하고 나는 말했다. 헬멧 속에서 우루시바라는 아마도 웃은 것 같았다. 엔진 소리가 정말로 상쾌했다.

우루시바라는 그러면 나중에 봐요, 하는 뉘앙스로 고개를 움직이더니 앞쪽을 바라보았다. 코르덴바지에 두툼한 파카. 따뜻해 보이는 복장이 우루시바라에게 잘 어울렸다. 봄도 끝자락에 접어들 무렵인데, 계절에 약간 맞지 않는 차림새를 한 것이 우루시바라다워서 좋았다.

우루시바라가 몸을 앞으로 기울이는 것과 동시에 스쿠터

도 앞으로 나아갔다. 스쿠터는 미끄러지듯이 주유소 안을 달려갔다.

"감사합니다!"

나는 우루시바라의 등 뒤에 대고 크게 소리쳤다. 한층 큰 엔진 소리로 우루시바라가 대답했다.

이윽고 스쿠터는 흘러가는 차량이 되어 시야에서 사라져 갔다.

잠시 봉투를 바라보다가 사무실 안의 시계를 들여다보았다. 세시 삼십분을 조금 넘겼을 무렵이었다.

체조시간이었지만, 우루시바라는 아직 집에 도착하지 못했을 것이다. 사십분, 아니 사십오분이 되면 해야겠다고 나는 생각했다. 평소와 마찬가지로 인사를 하고 무릎운동을 하고 몸을 전체적으로 푼 뒤에, 호신술 동작도 보여줘야지.

안녕하세요. 우루시바라입니다.

지난번 편지를 다 쓰자마자 저는 그것을 봉투에 넣고 풀로 봉했습니다.

다 쓰고 난 편지를 잠시 후에 다시 읽어보면 항상 부끄러워진다는 사실을 저는 경험을 통해 알고 있습니다. 몇 번이고 다시 쓰다가 결국 찢어버리는 경우도 자주 있고요.

그래서 먼저 봉투를 붙여서 그런 겁쟁이 같은 저를 봉해버린 것입니다.

물론 그렇다고 해도, 결국 전하지 못하게 될 가능성도 있었습니다. 그렇게 된다면 저는 아무도 모르게 편지를 땅 속에 묻을 작정이었습니다. 편지를 쓸 때의 뜨거운 감정 같은 것도 함께 봉해넣은 편지를 묻어버리면, 마음도 편해지지 않을까 했던 것입니다.

하지만 쓸데없는 걱정이었습니다. 아시다시피, 한자와 씨에게 편지를 전하는 데 성공했으니까요.

아무렇지도 않게 자연스럽게 건넨다. 저는 그것을 테마로 수없이 이미지 트레이닝을 했습니다.

상상 속에서 저는 몇 번이나 한자와 씨에게 편지를 건넸습니다.

가능한 한 자연스러운 방법. 예를 들면 특급열차의 차표를 검표하는 것처럼. 혹은 농부가 포도를 따는 것처럼. 혹은 위험한 물건을 주고받는 것처럼.

저는 건네고, 한자와 씨는 받아듭니다. 저는 '신입'이 휘발유를 넣는 순서를 떠올리고, 그 흐름 속에 저 자신을 위치시켜보았습니다.

처음에는 당황하면서 주고받았습니다. 하지만 트레이닝을 반복하는 사이에 점점 물 흐르듯 주고받게 되었습니다.

머릿속에서, 젊은 연예인의 콩트처럼 두 사람이 움직입니다. '신입'은 급유를 하고 휘발유가 기름 탱크에 꽉 찹니다.

제가 편지를 건네면, '신입'은 받아둡니다.

그것은 자연스러운 흐름이었습니다. 세련된 콩트였습니다. 저는 용기가 솟기 시작했습니다.

그날 저는 수건 아저씨가 쉬러 들어간 것을 확인한 후 편지를 가지고 집을 나섰습니다.

스쿠터를 밀고 집에서 조금 떨어진 곳까지 가서 시동을 걸었습니다. 조금 가다보면 국도입니다. 교차로를 지나면 금방 주유소가 보입니다. 저는 스쿠터를 타고 달렸습니다. 'IN'이라고 씌어 있는 작은 간판이 있는 곳에서 왼쪽으로 꺾으면 한자와 씨가 있습니다. 왼쪽으로 꺾으면—

하지만 저는 편지를 든 채 전속력으로 그곳을 지나쳐버리고 말았습니다. 왼쪽으로 꺾기는커녕 깜빡이도 켜지 못했습니다.

갑자기 부끄러워졌던 것입니다. 그때서야 한자와 씨가 받아주지 않으면 어쩌나 하는 생각이 들었습니다. 이런 편지를 건네는 건 역시 이상해, 하는 생각도 들었습니다.

저는 머리를 식히려고 속도를 내며 직진했습니다. 그때는 이미 편지는 어딘가에 묻어버려야겠다고 생각하고 있었습니다.

몇 개인가의 교차로를 지난 뒤에야 저는 간신히 마음을 가라앉혔습니다. 이제 집에 돌아가야지, 하고 유턴했습니다.

저는 시속 삼십 킬로미터로 달렸습니다. 이 속도에서는 타이어가 지면을 디디고 있는 것을 실감할 수 있습니다. 타타타타타타타 하고 엔진은 힘차게 윙윙거리고, 스쿠터는 느긋하고 확실하게 전진합니다.

멀리 오른편 앞쪽에는 주유소가 흐릿하고 뿌연 빛을 발하고 있었습니다. 사막 한가운데의 카지노 같다고 생각했습니다.

그 빛을 보면서 저는 재도전이라는 것에 대해서 생각했습니다. 밑에서 올라오는 엔진 소리를 배경으로, 좋았어, 하고 생각했습니다. 다시 한번 도전한다, 실패하면 집으로 돌아간다, 내일도 있다, 하고 말이지요.

귀가 찢어질 듯한 소리를 내면서 자동차들의 집단이 저를 추월해갔습니다. 그것들을 먼저 지나보낸 다음에, 저는 조금 속도를 올렸습니다.

이윽고 주유소 근처에 접어들었을 때, 저는 재빨리 안을 살펴보았습니다. 안쪽에 한자와 씨처럼 보이는 사람과 자전거를 확인할 수 있었습니다. 어제와 똑같다고 생각하니 어쩐지 기분이 좋아지기 시작했습니다.

그리고 처음에 지나쳤던 교차로로 돌아왔습니다. 저는 일단 스쿠터에서 내렸습니다. 한숨 돌리려고 했던 것입니다.

보도까지 스쿠터를 밀고 가서 방향을 바꿨습니다. 그리고 엔진을 껐습니다.

그 순간, 생각도 못 했던 정적이 주위를 온통 뒤덮었습니다. 저절로 주위를 두리번두리번 둘러보게 될 정도였습니다. 저는 오른쪽을 보고, 왼쪽을 보고, 뒤를 돌아보고, 마지막으로 하늘을 올려다보았습니다.

'당첨'이었습니다.

저는 밤하늘을 올려다보았을 때 달이 떠 있으면 '당첨'이라 정해놓고 있습니다. 하늘에는 오십오 퍼센트 정도의 반달이 뎅그러니 붙어 있었습니다.

저는 보도를 걸어갔습니다. 왜 걸었는지는 모르겠습니다. 하지만 어쨌든 저는 스쿠터를 밀면서 달밤에 어울리는 걸음걸이로 나아갔습니다. 저와 스쿠터는 주유소의 빛에 이끌려 들어가는 것처럼 조용조용 나아갔던 것입니다.

선을 긋는다면 여기, 라고 할 만한 위치에서 저와 스쿠터는 정지했습니다. 그곳은 딱 한 걸음만 더 나아가면 주유소 안이 보이는 위치였습니다.

저는 각오를 할 필요가 있었습니다. 주변은 정말로 고요해서 마치 제 방을 걷고 있는 것 같았습니다. 덕분에 저는 마음을 진정시킬 수 있었습니다. (아마도 스쿠터를 타고 있었다면 그때도 왼쪽으로 꺾지 못하고 그대로 지나쳐버렸을 것입니다.)

저는 눈을 감고, 편지를 주고받는 모습을 다시 한번 상상해보았습니다. 전철역 매점의 할머니처럼. 손님에게 카드를 나눠주는 딜러처럼. 열차의 차장 아저씨나 포도농장의 농부처럼.

저는 눈을 뜨고 각오를 담은 한 걸음을 내디뎠습니다. 이제는 되돌아갈 수 없습니다. 저 자신과 스쿠터의 그림자만을 바라보면서 하나, 둘, 셋, 하나, 둘, 셋, 걸어나갔습니다.

이윽고 다가오는 사람을 끌어들이듯이 보도가 열렸고, 저는 큼지막한 부채꼴을 그리면서 왼쪽으로 돌았습니다. 그 끝에는 조금 경사진 주유소의 진입구가 있었고, 저는 시선을 아래로 떨어뜨린 채로 몸을 앞쪽으로 숙이며 그곳을 넘어 들어갔습니다.

지금까지 앞으로 뻗어 있던 저의 그림자가, 걸어가는 속도에 맞춰서 뒤쪽으로 흘러갑니다. 부풀어오르는 긴장과 함께 저는 급유기를 향해 걸었습니다.

급유기 너머 저편에 한자와 씨가 있는 것을 시야 끝에서 확인했습니다. 저는 "어서 오세요" 하고 말을 걸어오기를 기다리면서, 또 두려워하면서 전진하는 데만 집중했습니다.

지금 생각하면, 발소리를 죽이고 살금살금 나아가고 있었던 것 같습니다.

그 결과 한자와 씨의 목소리는 들려오지 않았고, 끝내 저는 급유기를 눈앞에 두고 멈춰 서버렸습니다.

주변은 아주 고요했습니다. 한자와 씨는 자전거 옆에 쭈그리고 앉아서 뭔가 작업을 하고 있습니다.

조금이라도 움직이면 들켜버린다는 생각에 저는 몸을 빳빳이 긴장시켰습니다. 원래 계획대로라면 제가 온 것을 한자와 씨가 알아차릴 수 있도록 기척을 내야 하는데.

평소에는 방에서 바라다보던 광경이 십수 미터 앞에 입체적으로 존재하고 있었습니다.

관찰.

그때 제가 하고 있는 일이 평소와 같은 '관찰'임을 깨달았을 때, 신기하게도 흐트러져 있던 호흡이 차츰 진정되고 긴장도 싸악 빠져나가기 시작했습니다.

이대로 몇 분간 관찰하다가 들키지 않은 채로 몰래 떠나가고 싶다, 하고 저는 간절히 기원했습니다. 하지만 그것이 무리라는 것도 알고 있었습니다.

이제 곧 한자와 씨가 고개를 든다, 그러면 기름을 넣어달라고 하고 편지를 전해준다. 저는 아주 조용히 결심했습니다.

그리고 차분한 마음으로 그때를 기다렸습니다.

얼마 동안 그 모습을 지켜보고 있었는지 모르겠습니다. 다음에 한자와 씨가 제가 온 것을 깨닫고, 달려오고, 기름을 넣고, 돈을 내고, 마지막으로 편지를 건네고, 주유소를 떠날 때까지, 그때의 시간감각은 지금은 이미 잘 기억나지 않습니다. 그것들은 마치 영상뿐인 세상처럼 촤라락 흘러가듯이 지나갔습니다. 뚜렷한 영상으로서의 인상만이 제 안에 남아 있습니다.

현실감이 돌아온 것은 제 방에 돌아온 뒤였습니다.

방에서 다시 쌍안경을 쥐고 저 멀리 보이는, 평소와 다름없는 '신입'을 보았습니다. 그랬더니 조금씩, 아, 나는 편지를 전했구나, 하는 실감이 솟아났습니다. 나는 재수하고 있는 수험생이고, 내년에 약학부 시험을 칠 것이고, 초등학교 5학년짜리 남동생이 있다, 하는 것도 그제야 간신히 기억이 난 듯한 기분이었습니다.

그리고 하루가 지났습니다.

그날은 하루 종일 공부고 뭐고 아무것도 손에 잡히지 않았습니다.

저는 들떠 있었습니다. 그건 정말, 공중에 붕 떠 있는 듯한 기분이었습니다.

생각해보면 이 일은, 최근 반년 동안 공부 이외의 분야에서 제가 이룩해낸 유일한 것이었습니다. 편지를 전한 뒤에 느낄 거라고 예상했던 불안이라든가 후회 같은 감정은 일절 없이, 저는 그저 마냥 들떠 있었습니다.

정신이 들고 보니 저도 모르게 빙그레 웃고 있었지요. 온몸을 이 센티미터 정도 두께의 막이 뒤덮고, 웅~ 하는 소리를 내면서 빛나는 것처럼 저는 들떠 있었습니다.

그 들뜬 기분이 정점에 달한 것은 다음날 오전 세시 반이었습니다. 저는 똑똑히 '신입'의 체조를 목격했던 것입니다.

제 앞에 뭔가 껴안을 만한 것이 늘어뜨려져 있었다면 뛰어올라서 끌어안았을 것이고, 파도 상관없는 땅바닥이 있었다면 파고 있었을 것이 틀림없습니다.

하지만 그런 것이 없었기 때문에, 저는 일단 일어섰습니다. 그리고 저도 체조를 시작했습니다. 실실 웃으면서 무릎을 굽히며 무릎운동을 했습니다.

점점 기쁨이 증폭됩니다. 저는 다리펴기운동을 하고, 그리고 아킬레스건도 풀었습니다.

결코 나쁜 의미로 받아들이지 마셨으면 합니다만, 마치 오래 전부터 갖고 싶었던 장난감이 손에 들어왔을 때와도 같은, 오랫동안 먹이를 줘온 작은 새가 처음으로 손바닥 위에 폴짝 올라왔을 때와도 같은, 그런 종류의 기쁨이 밀려올라왔습니다.

마지막으로 저는 심호흡을 했습니다.

잠시 밖에 나가자. 저는 생각했습니다. 이대로는 공부도 되지 않을 테니 산책 삼아 스쿠터를 타고 달리자, 하고 생각했던 것입니다.

저는 스쿠터를 끌고 나와, 집에서 조금 떨어진 곳에서 시동을 걸었습니다.

저번과 같은 루트를 시속 삼십 킬로미터로 나아갔습니다. 한자와 씨는 눈치채지 못하셨겠지만 당연히 주유소 앞도 지나갔습니다. 그렇게 잠시 달리자 그때까지 저를 덮고 있던 미열 같은 것이 간신히 떨어져나간 기분이 들었습니다.

계절적인 것도 시간적인 것도 포함해서, 아무런 목적 없이 스쿠터로 씽씽 달리는 것은 아주 기분 좋은 일이었습니다.

바람을 가르며 달리면 몸 밖으로 쓸데없는 것들이 빠져나 가는 것 같습니다. 게다가 이 정도의 속도로 달리다보면 안 쪽에서 부글부글 솟아오르는 것도 있습니다. 활기라든가 용 기가 되기 전의 입자 같은 것, 이라고 말하면 감이 잡히실까 요?

솟아나는 것과 나가는 것의 밸런스가 딱 좋게 맞아떨어지 는 것이 시속 삼십 킬로미터라는 스피드였습니다.

이거 좋은데. 저는 달리면서 생각했습니다. 매일 이렇게 달리자. 겨울이 올 때까지 체조를 보고 난 후에 출발해서 십 분 정도 산책 삼아 달리다가 돌아오자. 그리고 저는 이어서 생각했습니다. 또 편지를 쓰자, 주유소는 세시 반에만 엿보 기로 하고, 비는 시간에 편지를 쓰자. 그리고 어제와 오늘 땡 땡이쳐버린 공부도 빼먹지 말고 하자.

신호가 빨간 불로 바뀌고, 저는 스쿠터를 멈췄습니다. 주 변은 차가 없어서 아주 조용했습니다. 하늘을 올려다보자 희미한 달이 떠 있었습니다. '당첨'이었습니다.

어쩐지 이야기가 '이만 물러가보겠습니다' 하는 분위기로
흘러왔네요. 그래도 딱 좋은 타이밍이니 이쯤에서 깔끔하게
마치려 합니다. 주야장천 긴 이야기가 되어버렸습니다. 이번
편지도 부끄러워지기 전에 봉투에 넣고 붙일 생각입니다.
또 편지 드리겠습니다. 방해가 되지 않는다면 읽어주세요.
그럼 이만. 일 열심히 하세요.

우루시바라로부터

한자와 씨에게

◇

　토요일, 저녁이 다 되어갈 무렵에 야마자키 씨에게서 전화가 걸려왔다. 지금 올 모양이었다.

　나와 누나는 슈퍼마켓으로 나가, 그곳에서 야마자키 씨와 합류했다.

　오징어 두 마리와 닭날개, 무와 아스파라거스와 누에콩, 그 밖에 몇 가지 야채를 샀다. 그리고 집으로 돌아가면서 맥주와 담배를 샀다.

　우리는 각자 짐을 나눠 들고 집에 돌아와, 재빨리 요리를 시작했다.

　누나는 무의 껍질을 벗기고 숭덩숭덩 썰어서 냄비에 넣어

삶았다.

야마자키 씨는 오징어를 다듬었다. 연골과 주둥이와 먹물 주머니를 떼어내고, 몸통을 링 모양으로 잘랐다. 다리를 먹기 좋게 자르고 내장을 씻어서 잘게 토막을 냈다. 무를 삶던 냄비에 그것들을 집어넣고, 술과 간장과 설탕으로 간을 맞췄다. 빨간 고추를 하나 집어넣고 뚜껑을 덮는다.

냄비를 불에 올려놓은 사이 두 사람은 누에콩과 아스파라거스를 순서대로 데치고, 그 밖의 다른 야채를 작게 찢어서 샐러드를 만들기 시작했다. 소금으로 밑간을 하고 아주 약간 드레싱을 뿌렸다.

소금을 뿌린 닭날개는 석쇠에 구웠다. 양면을 다 충분히 구운 뒤에 접시에 올려놓았다.

그러는 동안 나는 두 사람을 도와서 접시를 준비하거나, 유리컵을 놓거나, 누에콩의 껍질을 벗겼다. 완성된 샐러드를 테이블에 옮기기도 했다.

마지막으로 두 사람은 냄비 뚜껑을 열고 맛을 보고서, 완성된 무 오징어 찜을 대접에 담았다.

우리는 소파에 각자 앉아서 차려놓은 요리를 바라보았다.

맥주로 성대히 건배를 하고 요리를 먹었다. 그리고 각자의 감상을 이야기해보았다.

닭날개구이 — 맛있네, 이거 맛있어. 결국 심플한 것이 제일 맛있기 마련이야.

무 오징어 찜 — 어른의 맛이 나네. 무도 딱 좋게 익었어. 응, 맛있네.

누에콩 — 오, 상쾌한 초여름의 맛. 아직 조금 이른 거 아냐? 하지만 맛있어. 그러네. 아스파라거스도 맛있어.

샐러드 — 이제 우리도 이건 프로지. 보기도 좋고 만드는 속도도 빠른걸. 원래 가게에서 나오는 샐러드는 드레싱을 너무 많이 치거든. 맞아, 맛이 너무 진해.

우리는 번갈아가며 요리를 칭찬했고, 맥주를 마셨다.

야마자키 씨와 누나는 각각 큰 병을 하나씩 비웠고, 나는 건배한 맥주 한 잔을 간신히 다 마셨다.

마침 세 사람의 컵이 동시에 비었기 때문에 이번에는 매실주를 마시기로 했다. 누나가 작년 날짜가 씌어 있는 밀봉용기를 부엌에서 가지고 왔다. 담근 지 일 년 된 것인데 처음으로 여는 거라고 했다. 빙수에 시럽을 끼얹을 때 쓰는 도구로 매실주를 떠서 세 개의 컵에 담고는. 그것을 각각 얼음과 물로 희석하고, 또 한 모금 마시고는 맛있네 맛있어 하고 입을 모았다.

"근데 말이야, 이렇게 솜씨 좋게 맛난 술안주를 만들 수 있게 되고 매년 매실주를 만들게 되었다는 것은, 그러니까 나이를 먹었다는 소리이기도 하겠지?"

야마자키 씨는 진지하게 말했다.

"그건 그래. 하지만 맛있는 것을 먹을 수 있게 된다면 나이를 먹어도 괜찮아."

"하긴 그럴지도 몰라. 소주를 콜라로 희석해서 마시고 팝콘을 안주로 먹었던 시절로는, 여러 가지 의미에서 돌아가고 싶지 않으니까."

야마자키 씨는 그렇게 말하고 담배케이스에서 담배를 꺼냈다. 테이블에는 우산고양이 놋쇠재떨이가 대기하고 있었다.

"아, 그렇지, 깜빡했다." 야마자키 씨가 말을 꺼냈다. "너희에게 줄 선물을 가지고 왔어."

야마자키 씨는 소파 옆에 놓여 있던 가방에서 무언가를 꺼냈다.

"자, 이거. 부적이야. 요전에 다카오 산 야쿠오인 절에 갔

150

을 때 너희들 것도 사왔어. 높은 곳에 걸어두면 좋대."

야마자키 씨는 나와 누나에게 포장지에 싸인 부적을 내밀었다.

나와 누나는 그것을 받아들고, 각자 내용물을 꺼내보았다.

부적 중앙에는 불타오르는 고리가 붉은색으로 그려져 있고, 그 밑에는 '다카오 산' '수호' '야쿠오인' 등의 문자가 고풍스런 서체로 씌어 있었다. 문자는 전통종이 위에 보기 좋게 배치되어 있고, 만 나이와 이름이 씌어 있는 종이가 금색 끈으로 봉해져 있었다.

"그래서 그때 생일을 알려달라고 전화했었구나."

누나가 말했다.

"그래. 그 부적은 태어난 해와 달에 따라 조금씩 달라. 이 부분의 모양이 미묘하게 다르잖아?"

야마자키 씨는 누나의 부적과 내 부적을 교대로 가리켰다. 부적 윗부분에 인쇄되어 있는, 비밀을 간직한 듯한 문양은 확실히 서로 달랐다. 이 신비한 형태가 태어난 연도와 달의 조합을 나타내고 있는 모양이었다.

"이 부적은 어디에 효과가 있는데?" 누나가 물었다.

"마를 쫓고, 액운을 쫓고, 벌레를 쫓고. 화재, 수재, 벼락을 피하고, 순산, 장수, 결혼, 모든 것에 다 효과가 있어. 오히려 효과가 없는 것을 찾기가 어렵지."

"정말 고마워."

나는 말했다.

"뭘 그런 거 가지고. 하지만 네 건 대체 누구에게 복을 내릴지 잘 모르겠네."

야마자키 씨는 기뻐하며 말했다.

"나 이거 침실에 달고 올게."

누나의 말에 나도 일어섰다. 우리는 각자의 방으로 들어갔다.

나는 내 방 수납장 위에 부적을 세워두고, 합장했다.

— 한자와 료에게 복을 내려주세요.

거실로 돌아오자, 야마자키 씨는 또 담배를 피우고 있었다. 우리는 다시 매실주를 마시고, 안주를 먹었다.

그리고 우리는 여러 가지 이야기를 했다. 누나의 일 이야기나 야마자키 씨의 당일치기 여행 이야기. 여름휴가 때는 어떻게 할 것인가, 올해의 쌀 농사는 풍작인가 아닌가, 예의 야구단의 감독 교체에 대해서, 그것과 은근히 비슷하다는 누나 회사의 인사이동에 대해서. 세상을 떠들썩하게 만든 엽기

사건에 대해서, 그것에 대한 누나의 견해, 야마자키 씨가 기르기 시작한 쥐과의 작은 동물에 대해서, 요즘에는 쥐덫을 찾아보기 힘들지, 하는 이야기……

그리고 우루시바라의 이야기도 나왔다. 누나가 야마자키 씨에게 우루시바라에 대해서 얘기했고 간간이 내가 그것을 정정했다. 아니나 다를까, 야마자키 씨는 편지를 보고 싶다고 열여덟 번 정도 졸라댔다.

나는 단념하고 편지를 가져왔고, 야마자키 씨는 아주 열심히 그것을 읽기 시작했다. 그러는 동안 누나는 냉장고 안에 남아 있던 버섯을 구워주었다.

야마자키 씨는 편지를 다 읽더니 호오, 하고 짧은 한숨 같은 것을 내쉬었다. 그리고 버섯을 하나 집어서 입에 넣고는 다시 처음부터 읽기 시작했다. 말리려고 했지만 소용없었다. 야마자키 씨는 처음 읽을 때보다 시간을 들여서 꼼꼼히 읽더니 다시 호오, 하고 숨을 내쉬었다.

"재미나고 신비로운 미소녀 정도 될까, 이 여자애?"

야마자키 씨는 말했다.

"미소녀인지 어떤지는 모르겠지만, 미소녀인 편이 재미있지."

"어떤 것 같아, 네가 보기에는, 응?"

"그러니까, 계속 헬멧을 쓰고 있어서 모르겠다니까."

"상상만으로도 괜찮아. 실제보다는 오히려 무엇을 연상시키느냐가 중요하니까."

"그렇지만 애초에 어디까지가 미소녀고 어디부터가 그냥 소녀인지 모르겠는데."

"우루시바라는 미소녀야." 누나가 말했다. "뭔가를 좀 아는 여자애니까. 헬멧을 벗었더니 별볼일 없더라 하는 그런 옛날 펜팔 같은 결말이 날 리 없다구. 만약 그랬다면 그런 복선을 제대로 깔아둘 거야. 나는 오히려 너무 예쁘니까 감추려고 헬멧을 쓰고 있는 거라고 봐."

"그렇겠지. 분명히 뽀얀 피부에 크고 동그란 눈을 가진 신비로운 미소녀일 거야. 청초한 느낌의."

"사실은 너도 그렇게 생각하지, 그렇지?"

"그럴지도 몰라."

누나의 말에 하는 수 없이 나는 그렇게 대답했다.

"하지만 얘 아주 참신한 타입이네. 우리 때는 이런 애들은 없었잖아. 이과 계열 야행성 미소녀라니."

야마자키 씨는 말했다.

"곱게 자랐고 숨어 사는 타입이라서 있어도 눈에 잘 안 띄는 거야. 이런 애를 밖으로 끌어낼 수 있는 건 특별한 남자애뿐일 거야."

"특별한 남자애란, 이런 거 말인가?"

야마자키 씨는 막대기 같은 걸로 내 옆구리를 쿡쿡 찔렀다.

"그러면, 그애가 합격하면 같이 축하해주자!"

야마자키 씨가 재미있겠다는 얼굴로 말했다.

"오~ 그거 좋은데. 우리집에 데리고 와."

"에~?"

나는 아스파라거스를 먹으면서 항의하듯 소리를 질렀다.

"뭐 어때. 그러면 오징어 찜 말고도 더 많은 걸 만들어줄게."

야마자키 씨의 말에 누나도 거들었다.

"나는 튀김을 만들게."

"난 물만두도 만들겠어."

"그거 괜찮은걸. 너도 뭔가 만들어봐. 남자의 요리."

"아, 그거 좋겠다. 뭐가 좋을까?"

"카레나 로스트비프 같은 자취남 요리는 싫어. 아, 국수는 어때? 가루를 직접 반죽해서 만드는 거야."

"할래, 그거 할래."

"난 노래도 만들게. 제목은 〈고 고 우루시바라〉."

"왜 고 고야. 축하의 노래를 만들어야지."

"그러면 〈고 고 우루시바라—합격축하편〉."

"근데, 합격발표는 언제야?"

"2월이나 3월쯤일 거야."

"그렇구나. 한참 남았네, 뭐. 기대하고 있을 테니까 본인에게도 잘 얘기해줘. 우린 한밤중이라도 괜찮다고 말해주고."

"하지만 아직 붙을지 떨어질지 모르잖아."

"붙을 거야."

누나와 야마자키 씨가 입을 모아 말했다. 소리가 정확히 딱 겹쳐졌기 때문에, 우리는 조금 웃었다. 그렇구나, 붙는 거구나, 하고 나는 생각했다.

누나도 야마자키 씨도 제법 많이 마신 모양이다. 두 사람 다 여유롭게 취기를 즐기고 있는 분위기였다. 나는 그녀들의 오분의 일도 마시지 않았지만, 주량으로는 슬슬 한계였다.

흐릿해진 공기가 주변을 휘감고 있어서, 이게 바로 기분 좋게 취했다는 거구나, 하고 나는 이해했다.

그건 그렇고. 나는 문득 생각했다. 우루시바라의 합격을 다같이 축하한다니, 굉장한데. 이건 한자와 료한테는 최대이자 최후의 대형 이벤트겠구나. 이런 일이 가능할까. 가능하다면 아주 기대된다.

그러니까 공부 열심히 해, 우루시바라.

야마자키 씨는 담배를 피웠고, 누나는 마지막으로 남아 있던 닭날개구이를 먹었다.

우리는 다시 여러 가지 이야기를 했다. 누나가 대학입시를 치렀을 때의 이야기. 새로 나온 가전제품 이야기. 쓰고 있는 화장품 이야기. 수건 아저씨 이야기. 최강의 격투가는 스모 선수라는 이야기. 야마자키 씨의 팔씨름 실력에 대한 이야기.

그중에서도 가장 재미있었던 것은 야마자키 씨가 최근에 꾸었던 꿈 얘기였다.

그 꿈에는 여섯 명의 야마자키 씨가 나왔다. 귀가 좋은 야마자키 씨, 발이 빠른 야마자키 씨, 눈이 좋은 야마자키 씨, 점프력이 좋은 야마자키 씨, 냄새를 잘 맡는 야마자키 씨, 헤엄을 잘 치는 야마자키 씨 등 여섯 명의 야마자키 씨가 나와서, 모두 힘을 합쳐 무슨 구슬 같은 것을 지킨다는 황당무계한 스토리였다.

야마자키 씨 자신은 점프력이 좋은 야마자키 씨가 되어서 다른 야마자키 씨들과 힘을 합하려고 했지만, 귀가 좋은 야마자키 씨 외에는 아무도 말을 듣지 않아 고생한다는 줄거리였다.

우리가 한바탕 웃고 마시고 피우고 하는 동안에, 시곗바늘은 열한시를 넘어가고 있었다.

누나는 텔레비전 뉴스를 틀어놓고는, 목욕물을 받으러 갔다.

우리는 순서대로 욕실에 들어가기로 했다.

목욕시간이 짧은 사람부터 들어가기로 해서, 야마자키 씨가 맨 먼저 들어가게 되었다. 야마자키 씨는 나에게 같이 들어가자고 몇 번이나 말했지만 물론 거절했다.

야마자키 씨의 목욕시간은 무서울 정도로 짧았다. 야마자키 씨는 들어간 지 얼마 되지 않아 트레이닝복 차림에 머리에 수건을 두르고 욕실에서 나왔다.

"아주 개운하네. 다음 사람 들어가."

모락모락 김이 피어나는 모습으로 그렇게 말하는 야마자키 씨의 매끈한 이마와 홍조를 띤 뺨이 나에게는 신선하게 와 닿았다. 귀엽다는 생각이 들었다.

그 다음은 내 차례였다. 취한 채로 목욕을 하는 것은 처음이었다. 세수를 하고 몸을 씻고 머리를 감았다. 평소와 딱히 달라진 것은 없었지만, 모든 것이 귀찮게 느껴졌다. 욕조에 몸을 담그는 것도 마찬가지였다. 아주 기분이 좋았지만 금방 나오고 싶어졌다.

얼른 목욕을 끝내고, 몸을 닦고 실내복으로 갈아입었다. 거실에서 기타 소리가 들려오고 있었다.

거실로 돌아가니, 야마자키 씨가 수건을 머리에 늘어뜨린 채로 기타를 치고 있었다.

"어머, 빨리 나왔네. 제대로 씻긴 했어?"

누나가 말했다.

"응, 아주 개운했어. 다음 사람 들어가."

"알았어."

누나가 일어섰다. 나는 누나와 교대하듯 소파에 앉았다.

"너도 맥주 마실래?"

야마자키 씨가 말했다.

"응, 조금만."

야마자키 씨는 맥주를 유리컵에 반 컵 정도 따라주었다. 이게 말로만 듣던 '목욕 뒤의 맥주 한 잔'이구나, 하고 나는 생각했다.

나는 그것을 손에 들고, 단숨에 들이켜보았다.

맛있다.

야마자키 씨는 나를 보고 살짝 웃더니, 다시 기타를 치기 시작했다.

나는 스포츠 뉴스에 눈길을 주었지만, 소리도 잘 들리지 않았고, 영상도 특별히 볼 만하진 없었다.

야마자키 씨는 기타 반주에 맞춰 뭔가를 웅얼거리고 있었다. 고~고~ 라든가, 바라바라, 하는 소리로 봐서는, 아무래도 그 축하의 노래를 만들고 있는 것 같았다.

지금쯤 우루시바라는 공부를 하고 있을까. 야마자키 씨의 코드 스트로크를 바라보면서 나는 멍하니 생각에 잠겨 있었다.

염불처럼 못 미더운 중얼거림이 불확실한 선율로 진화를 거듭하고, 이윽고 그것은 힘차게 반복되기 시작한다.

—고 고 우루시바라~ 고 고 우루시바라~

아무래도 그건 노래의 후렴구인 것 같았다.

우루시바라는 야마자키 씨나 누나를 어떻게 생각할까. 역시 처음에는 겁먹을까? 아니면 의외로 간단하게 트리오를 이루게 될까?

"너, 지금 우루시바라 생각하고 있었지?"

야마자키 씨는 기타 연주를 갑자기 멈추더니 말했다. 나는 곧바로 대답할 수 없었다. 야마자키 씨는 후후후후후, 하고 음흉하게 미소지었다.

"푹 빠졌구나."

야마자키 씨는 누나하고 똑같은 말을 했다.

"괜찮아. 내가 기타를 쳐줄 테니까, 팍팍 생각해."

야마자키 씨는 그렇게 말하고, 또 기타를 쳤다.

— 바랍바라~ 우루시바라~ 바랍바라~ 오늘밤도 고~

나는 우루시바라 생각은 이제 그만두기로 했다. 그래서 야마자키 씨에게 "나한테 기타 가르쳐줘" 하고 말해보았다.

"코드 짚을 줄 알아?"

"아니, 하나도 몰라."

야마자키 씨는 그렇게 말하며 기타와 픽을 넘겨주었다.

"나도 누굴 가르칠 정도는 못 돼. 일단은 스리 코드라고 하는데, 세 개의 코드를 익히는 거야. 그걸 반복하면 얼추 곡 비슷하게 되는 거지."

야마자키 씨는 G코드 잡는 법을 알려주었다. 정확히 줄을 짚는 것은 생각보다 어려워서, 제대로 했다고 생각해도 이상한 소리밖에 나지 않았다.

내가 쉽게 포기하지 않자, 야마자키 씨도 점점 열의가 타오르기 시작해서, 나중에는 종이와 연필을 가지고 와서 본격적으로 지도하게 되었다.

오랫동안 욕실에 들어가 있던 누나가 간신히 나왔을 무렵, 난 어찌어찌하여 제대로 된 G코드 소리를 낼 수 있게 되었다.

"오케이, 딱 좋으니까 오늘은 여기까지. 나머지는 다음번에 올 때까지 숙제다."

야마자키 씨는 나에게서 기타를 낚아채, 거실 구석의 기타 스탠드에 세워두었다. 나는 코드 짚는 법을 써준 종이를 냉장고 문에 붙였다.

"얘, 너까지 이상한 노래 부르지 마."

누나는 소파에 앉아서 맥주를 마시기 시작했다.

그렇게 우리는 어쩐지 아쉬운 듯한 공기 속에서, 텔레비전을 보거나 홀짝홀짝 맥주를 마시거나, 음악을 듣거나 했다.

그리고 슬슬 자자는 분위기가 되었다.

소파에서 자는 야마자키 씨를 위해 누나가 덮을 것과 베개를 내왔고, 나와 누나는 야마자키 씨에게 잘 자라고 인사한 뒤 각자의 방으로 돌아갔다.

하지만 전혀 잠이 오지 않았다. 몸이 완전히 야간근무에 익숙해져버린 것이다.

나는 도서관에서 빌려온 소설책을 펼쳤다. 얼마쯤 눈으로 글자를 읽어가다보니 어느 순간 멍해지는 기분이 들기 시작했다.

읽다가 어디까지 읽었는지 잊어버리기를 두세 번 반복하고 나서야, 나는 내가 졸고 있다는 것을 깨달았다. 나는 그대로 잠에 빠져버릴 것만 같은 아슬아슬한 순간에 이르러서야 자기로 결단하고 책을 덮고 이불 속으로 파고들었다.

슬라이딩 세이프, 하듯이 나는 잠들었다.

눈을 떴을 때, 파악하고 싶다, 고 나는 생각했다.

나는 몸을 일으켜서 시계를 보았다. 세시를 조금 넘겼을 즈음이었다.

시각을 파악하고 나니, 내가 잠든 경위나 그전에 하고 있던 일 등을 순서대로 파악할 수 있었다. 여기는 어디인가, 나는 누구인가, 나는 순서대로 확인하고 몸을 일으켰다.

잠의 여운이란 것이 전혀 없었다. 술 때문일까. 잠든 시간이 평소와 달랐기 때문일까. 어쨌든 이상한 기분이었다. 잠기운은 밀물이 올라오듯 밀려왔다가, 증기처럼 흩어지며 사라져버린 것이다.

지금은 묘하게 머리가 맑았다.

나는 읽던 책을 마저 읽으려고 했다. 하지만 그전에 화장실에 가기로 했다. 가능하면 수분도 보충하고 싶었다.

가만히 문을 열고 복도를 걸어서 화장실에 갔다. 그리고 부엌으로 마실 것을 가지러 갈까 말까 잠시 고민했다. 가지러 가고 싶은 마음은 굴뚝 같았지만, 거실에서 야마자키 씨가 자고 있다. 깨우기는 좀 미안하다.

복도에서 부엌을 살펴보니, 문틈으로 희미하게 빛이 흘러나오는 것이 보였다.

어라? 나는 갸웃했다. 야마자키 씨가 아직 깨어 있다고는 생각하기 어려웠다. 혹시 불을 켜놓은 채로 자고 있는 게 아닐까 생각했다. 그것은 충분히 있을 수 있는 이야기였다.

문을 앞에 두고 잠시 나는 고민했다. 그렇지만, 결국 나는 안으로 들어갔다. 소리를 내지 않도록 살짝 문을 열고 스르륵 미끄러지듯이 들어갔다.

예상대로 야마자키 씨는 일어나 있었다.

야마자키 씨는 바닥에 쪼그려 앉아서 얇은 이불을 무릎 위에 덮고 소파 다리 쪽에 기대어 있었다.

"아," 나는 말했다. "일어나 있었네."

나는 손을 뒤로 뻗어 문을 닫으며 말했다.

"응."

야마자키 씨는 작은 목소리로 대답했다.

거실에는 스탠드식 간접조명과 텔레비전이 켜져 있었다. 텔레비전은 푸르스름한 빛을 발하고, 소리는 작게 줄여져 있었다.

나는 냉장고를 열고 물이 들어 있는 페트병을 꺼냈다.

"물?"

야마자키 씨가 말했다.

"응."

"그럼 나도 같이 마실까."

야마자키 씨는 굼실굼실 움직여서, 내가 앉을 수 있도록 자리를 비켜주었다. 나는 유리컵과 물을 들고 그 자리에 앉왔다.

야마자키 씨는 자기 유리컵에 얼음을 넣고, 거기에 매실주를 따랐다. 나에게 마실래? 하고 묻더니, 유리컵에 매실주를 따라주었다. 나는 거기에 얼음을 넣고 물을 탔다.

나는 누나와 처음으로 둘만 있게 되었을 때를 떠올리고 있었다. '남동생이 갖고 싶었어'라고 말했던 누나. 그때의 누나도, 지금의 야마자키 씨처럼 술에 취해 조금 나른한 표정이었다.

"어쩐지 잠이 안 와서 말이야."

야마자키 씨가 말했다.

"전혀 안 잤어?"

"응, 텔레비전 보면서 찔끔찔끔 마시다보니 완전히 잠이 달아나버렸어. 그래도 조금만 더 있다가 자긴 할 거야."

텔레비전에서는 자동차 레이스가 벌어지고 있었다. 차와 관중과 피트 작업. 리포터와 실황중계. 화면의 움직임에 따라 방 안의 밝기와 색깔이 휙휙 바뀌었다.

"료는 뭐 하고 있었어?"

"자다가 중간에 깨버렸어. 평소에는 일어나 있을 시간이니까."

"그렇구나."

야마자키 씨는 텔레비전을 보면서, 꿀꺽 하고 매실주를 마셨다.

아나운서가 뭔가 말을 남기고 텔레비전이 CM으로 바뀌었다. 파파팟 하고 방 안의 색깔이 변하고, 야마자키 씨의 얼굴이 파르스름한 빛에 비춰졌다.

야마자키 씨는 또 꿀꺽 하고 매실주를 한 모금 마시더니 유리컵을 흔들었다. 달그락달그락 얼음 부딪치는 소리가 났다.

"그런데 말이야." 야마자키 씨는 가만히 입을 열었다. "도코는 요즘 어때?"

"어떠냐니, 뭐가?"

"뭔가 흘러나오는 얘기 없어? 남자친구가 생겼다든가, 생길 것 같다든가."

"으음~ 글쎄, 그런 얘기는 별로 안 해서 모르겠는데."

"데이트 같은 거 하러 나가지도 않아?"

"그런 건 없었던 거 같은데, 잘 모르겠어. 원래 우리는 서로 못 보는 날이 많거든."

"그렇구나."

야마자키 씨는 말했다.

텔레비전은 다시 레이스 중계에 들어갔고, 아나운서가 또 뭔가 이야기하기 시작했다. 화면은 잿빛 톤으로 돌아가고, 방 안 색깔도 조금 차분한 느낌의 빛깔로 돌아왔다.

"그러면 너희는 어때? 야한 짓은 안 해?"

"너희라니?"

"너하고 도코. 또 누가 있는데."

"에엣?" 나는 놀라며 말했다. "우리는 남매잖아."

"그래? 뭐야, 재미없네." 야마자키 씨는 조금 웃었다. "하지만 남매라서 오히려 불타오르는 사람도 있다고."

"안 그래." 나는 살짝 쏘아붙였다.

야마자키 씨는 음흉하게 후후후 웃더니 꼴깍, 하고 다시 술을 한 모금 마셨다. 그러고 나서 "맛있네" 하고 말하며 또 웃었다.

"맞다." 야마자키 씨는 말했다. "새삼스럽지만, 건배하자."

야마자키 씨가 유리컵을 내밀고, 나는 거기에 챙, 하고 잔을 부딪쳤다. 야마자키 씨가 작은 목소리로 "매실주로는 건배 안 했으니까" 하고 말했다.

나도 야마자키 씨처럼 꿀꺽, 하고 마셔보았다.

누나가 일 년 전에 담근 매실주는, 내가 알 수 있는 범위 내에서 설명하자면 상쾌하고 시원하면서도 순한 맛이 났다. 이 정도 되면 '방순(芳醇)'이라는 표현을 써도 좋겠구나 하고 생각했다.

나와 야마자키 씨는 각자 매실주를 따르고 머들러로 가볍게 휘저었다. 유리컵 바깥쪽에 맺혀 있던 물방울이 흘러내려 테이블에 둥근 흔적을 만들었다.

"야마자키 씨하고 누나는 동급생이야?"

문득 생각이 나서 나는 그렇게 물었다.

"응," 야마자키 씨는 말했다. "학교도 출신도 전혀 다르지만 동급생이야."

"그래? 그럼 어디서 알게 되었는데?"

"넌 동생이라면서 정말로 아무것도 모르는구나. 뭐, 상관없어. 어딜 것 같아?"

"글쎄……"

"우리는 딱 너만했을 때 바닷가의 매점에서 만났어."

"바닷가의 매점?"

"그래, 오아라이에 있는 어느 바닷가의 매점이었어. 우리

집 근처였는데, 나는 거기서 야키소바*를 만들고 있었지. 그런데 그곳에 네 누나가 찾아왔던 거야."

"호오~"

"무슨 대학 서클로 보이는 스무 명이 넘는 떼거리였어. 스포츠나 레저 계열이 아닌, 브라스밴드 계통의 분위기가 풍기는 모임이었지. 대충 보면 느낌이 오잖아. 그 무리에 수영복을 입지 않은 애들이 두세 명 있었거든. 그중 한 명이 도코였는데, '바닷가의 매점이라니, 바보 같아'라고 말하는 듯한 표정을 짓고 있었어."

"야마자키 씨는 아르바이트?"

"응, 피부를 소스마냥 새까맣게 햇빛에 태워가면서 매일 야키소바를 만들었어. 알아? 사람은 야키소바만 만들고 있다보면, 어느새 야키소바 같은 얼굴이 되어버려. 야키소바 인간. 저기, 담배 피워도 돼?"

야마자키 씨는 내가 끄덕이는 것보다 먼저 담배를 꺼내더니 익숙한 손놀림으로 불을 붙이고는 조금 얼굴을 찡그리며 라이터를 집어넣었다. 그리고 아주 행복한 얼굴로 연기를 뿜

---

* 삶은 국수에 야채와 고기 등을 넣고 볶은 면 요리.

었다.

"어쨌든 그래서, 도코가 야키소바를 사러 온 거야. '야키소바라니, 바보 같아' 하는 얼굴을 하고. 그때 말이야, 그 하얗고 조금 날카로운 인상의 얼굴을 봤을 때, 난 아차, 하는 기분이 들었어. 이거 실수했다~ 하고."

야마자키 씨는 고양이의 발치에 재를 털었다.

"나는 고등학교 때까지 쭉 배구를 했었어. 그 근방에서는 그럭저럭 잘나가는 선수라서, 여름에는 대회네 선발이네 하는 걸로 아주 바빴지. 진짜, 계속 체육관 안에서 달리고, 넘어지고, 치고, 서브 넣을 때 다함께 목소리를 맞춰서 기합을 넣고. 뭐, 나름대로 충실한 나날이었어. 하지만 생각해봐, 여자배구란 어쩐지 축축한 세계잖아? 별로 뭔가를 발산한다는 느낌이 없어. 그래서, 졸업하고 난 뒤의 첫 여름을 정말로 오랜만에 배구 없이 맞게 된 셈이었는데, 그때 나는 바다를 선택했어. 발산과 개방의 여름을 보내자고 생각했던 거야.

그해 여름은 정말 오로지 바다뿐이었어. 날마다 바다. 해가 뜨고 질 때까지 바다. 아침 여섯시나 일곱시부터, 아직 아무도 없는 바다에서 헤엄치는 거야. 그거 알아? 아침 바다는 소리가 아주 맑아. 파도 소리도, 촤악촤악 헤엄치는 소리도,

숨을 부글부글 토하는 소리도, 전부 맑은 소리가 나. 어떻게 된 건지 나는 질리지도 않고 라디오 체조라도 하듯이 매일 바다에 다녔어.

아침 바다는 파도가 거칠어. 수영하다보면 때때로 파도에 휩쓸릴 때가 있어. 그러면 말야, 파도에 휩쓸린 채로 빙글빙글 돌고 있는 자신이 너무 우스워서, 고속으로 회전하면서 소리도 못 내고 크게 웃는 거야. 캬~하하하하하하, 하고. 지금 생각하면 위험천만이지. 안전요원도 없이 완전히 혼자였으니까. 하지만 그, 완전히 혼자라는 점이 또 웃기거든. 난 아침 나절부터 이런 곳에서 혼자 빙글빙글 돌면서 뭐 하는 거지? 캬~하하하하하하, 하고.

그렇게 웃다가 지칠 즈음이면 같이 아르바이트하는 사람들이 하나둘 모여들기 시작해. 그리고 또 헤엄치거나 백사장에서 씨름을 하다가, 여덟시가 되면 일을 시작하지. 우선은 폭죽 쓰레기를 줍거나 해변을 청소해. 그리고 가게를 열 준비를 하고, 그 다음부터는 계속 야키소바를 만드는 거야. 바람이 불면 지직지직거리는 라디오를 틀어두고서. 물론 옥수수나 오징어도 구워. 그리고 배가 고프면 양동이에 넣어서 차갑게 해둔 오이를 우득 깨무는 거야. 그건 해변에 정말 잘 어울려.

그러다보면 슬슬 저녁이 되겠지? 그러면 가게 문을 닫고 또 헤엄을 쳐. 파도타기도 하고. 해가 저물 때까지. 그리고 저녁해가 지는 모습을 보고, 완전히 저문 것을 확인하면 해변에서 집으로 돌아와. 그 다음에는 푹 자는 거지. 건전지가 다 닳은 것처럼 숙면할 수 있어."

"와~ 어쩐지 대단하네. 즐거워 보여."

"응, 즐거웠고, 그렇게 올바른 여름방학은 또 없을 거야. 그때까지 나는 여름 같은 건 일 년 중에 가장 더운 계절일 뿐이고, 바다 같은 건 그냥 넓은 액체에 불과하다고 생각하고 있었어. 지금도 그렇고. 하지만 그해는 뭔가 특별한 해였어. 분명히 바다에 홀려 있었던 거야."

야마자키 씨는 담뱃불을 천천히 껐다.

"그렇게 지내다가 그 여름도 중반이 지났을 무렵, 여름도 바다도 '그게 뭐 대수라고' 하는 표정의 도코와 만나게 된 거야. 보통은 야키소바를 사러 온 손님 따위 일일이 기억하지 않고 신경도 안 써. 당연하겠지?"

나는 끄덕였다.

"근데 말이지, 도코의 그 하얀 피부라든가 뾰로통한 느낌의 옆모습이, 온 힘을 다해서 발산하고 있던 나의 무언가를 뒤흔들었어. 가슴속이 싱숭생숭해지는 거야. 그 순간 나는 정말로 아차 싶었어. 아무리 그래도 이거 너무 새카맣게 탔네. 왜 그런지는 모르겠지만 그렇게 생각했어. 그리고 그때, 여름은 언젠가 끝난다는 걸 깨달았어. 정말로 그때 깨달았어. 바로 지금도 여름은 천천히 끝나가고 있다고 말야.

물론 그건 나에게는 작은 심경의 변화였어. 그도 그런 게 말이야, 해가 지는 저녁노을의 멋진 모습에 비하면, 피부가 너무 검게 탔다는 후회 따위는 신경쓸 것도 없는 사소한 일이거든. 게다가 여름이 언젠가 끝난다는 사실 따윈 여름이 지금 한창 계속되고 있다는 사실에 비하면 전혀 대단할 것 없는 일이고.

그래서 그때 나의 기분은 넓은 바다 한가운데에서 부글부글 떠오른 작은 거품 같은 것이었어. 하지만 그 작은 거품 같은 게, 나에게는 아주 참신하고 획기적이었지. 난 깜짝 놀랐던 거야. 그런 것이 내 안에 있었다는 사실에, 순수하게 깜짝 놀랐어.

어쨌든 도코가 사람 수만큼의 야키소바를 사러 왔을 때, 나는 순간, 움직임이 멈췄어. 아연실색하듯이 정말로 딱 멈

쳤어. 아마도 옆에서 보면 먼 옛날에 전학 갔던 누군가와 우연히 다시 만난 것처럼 보이지 않았을까?

내가 뭔가 느낀 것이 도코에게도 전해졌는지 도코도 내 얼굴을 빤히 올려다보았어. 나와 도코 사이에서 야키소바가 치익 소리를 내던 게 지금도 기억나.”

야마자키 씨는 잠시 입을 다물었다. 그리고 매실주를 한 모금 마셨다. 나는 야마자키 씨의 유리컵에 매실주를 더 따랐다. 그런 행동을 하는 것은 처음이었지만, 처음 한 것치고는 괜찮은 타이밍이라고 생각했다.

야마자키 씨는 오른손으로 고마워, 하는 제스처를 취했다.

“그때는 그걸로 끝이었어. 우리는 서로 마주 보긴 했지만, 실제로 우리 사이를 오갔던 것은 야키소바 몇 인분과 돈뿐이었어. 당연하지.

나는 그뒤에, 역시 오이를 깨물어 먹고, 저녁이 되면 수영하고; 지는 해를 바라보고, 집에 돌아와서 푹 잤어. 실제로는 아무 일도 없는, 평소와 같은 하루였으니까. 다음날도 마찬가지. 이미 전날 있었던 일은 까맣게 잊어버리고 야키소바를 만들었어.

그런데 점심때가 지났을 무렵에 또 그 브라스밴드 같은 단

체가 찾아왔어. 물론 도코도 같이. 그리고 이번에도 역시 도
코가 야키소바를 사러 왔어.

나는 모르는 체하며 장사에 관련된 일만 했어. 그런데 이
번에는 도코가 나를 빤히 보는 거야. 아래쪽에서 이쪽을 관
찰하듯이, 대놓고 빤히 쳐다보더라니까. 으음, 나는 고심했
지. 이걸 어떻게 해야 하나, 하고. 뭐 일단 야키소바를 건네
주었지. 그랬더니 도코는 그대로 휭 하니 떠나갔어. 봤으니
까 이제 됐다는 것처럼.

그날은 그걸로 끝. 또 석양과 함께 나의 하루도 끝났어.

그리고 더이상 그 단체는 오지 않았어. 하지만 말이야, 그
단체는 오지 않았지만, 도코가 왔어."

야마자키 씨는 또 한 모금, 매실주를 홀짝였다.

"가게를 열자마자 바로 왔으니 한 아홉시쯤 됐을까. 도코
가 총총히 가게 안으로 달려들어와서, 우리는 철판을 사이에
두고 서로 마주 보았어. 도코는 헉헉 숨을 내쉬면서 내 얼굴
을 빤히 보고 있었어. 자기가 달려들어온 주제에 아무 말도
안 하더라니까. 할 수 없이 나라도 뭔가 말을 하려고 했지.
어서 오세요, 같은 유의 김빠지는 소리라도. 하지만 그 말을
꺼내기 전에, 도코가 민박집의 그림엽서 같은 것을 내밀었

176

어. 그리고 '여기로 연락해'라고 하는 거야. 내가 그 그림엽서를 받아들자, 도코는 고개를 들고 내 얼굴을 노려보면서 '언제든 좋으니까, 꼭 연락해'라고 말했어. 내가 알았다고 대답하니까, '고마워. 하지만 꼭 해야 해. 약속할 수 있어?' 하고 묻더라. 내가 응, 약속할게, 하고 대답하니까, 도코는 그때서야 싱긋 웃더니 '오케이, 그러면 야키소바 일 인분 줘'라고 했지."

야마자키 씨는 후후후후, 하고 웃었다.

"그 그림엽서에는 한자와 도코라는 이름과 도쿄 주소, 전화번호가 씌어 있었어. 나 참, 무슨 생각인지 알 수가 없잖아."

"그래서 야마자키 씨는 연락했어?" 나는 물었다.

"응. 아주 나중에였지만." 야마자키 씨는 대답했다. "연락하겠다고 약속을 했으니까 언젠가는 반드시 연락하려고 했어. 하지만 금방 연락할 생각은 없었고, 여름이 끝나고 나서 전화하려고 했었어. 왠지 그런 생각이 들었거든. 하지만 결국 연락한 것은 2월. 햇볕에 탄 피부가 다시 하얗게 돌아왔을 무렵, 나는 도코에게 전화를 했어."

야마자키 씨는 눈을 가늘게 뜨며 자신의 손끝을 보았다.

"여보세요, 한자와 도코 씨이신가요? 저는 바닷가 매점에서 신세를 졌었던 야마자키라고 하는데요, 그랬더니, '아, 오랜만이야. 뭐야, 왜 이렇게 늦었어' 그러잖아.

그래서 나는 '미안미안, 좀 바빴어' 하고 말했지. 그리고 뭐, 전화상으로나마 의기투합했어. 그 왜, 죽이 맞는 사람은 대충 감이 오기 마련이잖아. 타입은 전혀 달라도. 그래서 그 뒤에 어떻게 되었는지 알아?"

나는 고개를 가로저었다.

"우리는 같이 살게 되었어." 야마자키 씨는 후후후, 하고 웃었다.

"난 말이야, 4월부터 상경해서 전문학교에 다닐 예정이었어. 그래서 도코가 사는 아파트에서 한동안 신세를 지기로 했지. 학교까지는 조금 멀었지만, 자리가 잡힐 때까지만으로 정하고. 도코가 얼른 오라고 보채서 4월까지 기다리지 못하고 바로 상경했고, 그러고 나서 반년 동안 같이 살았어. 참 즐거웠지.

매일 저녁, 밥은 각자 알아서 해결하고 고타쓰 앞에 앉아. 시간은 그때그때 다르지만 둘이 같이 있게 되면 그때부터는 잘 때까지 수다를 떠는 거야. 텔레비전을 보거나, 술을 마시면서, 또 리포트를 쓰면서 등등 여러 가지였는데, 어쨌든 마냥 이야기했어. 그런데 그게, 진짜 대단했어. 수다가 나날이 진화하고 세련되게 변해가는 거야.

도쿄의 수다에는 빈정거림과 의외성이 있잖아? 그리고 나에게는 기백과 밝은 발상이 있어. 그게 잘 조합되면 재미가 생겨나. 대화가 분위기를 타기 시작하면 서로 자연스럽게 관객을 의식하기 시작하지. 그런 건 없는데 말이야. 그리고 동시에 점점 고조되어가다가 이야기가 절정에 달했을 때, 둘이서 대폭소하는 거야.

대체로 둘 다 집에 일찍 돌아왔어. 서로 은근히 '아, 얼른 돌아가서 녀석하고 이야기하고 싶어' 하고 생각했던 거지. 어떤 날은 돌아오는 전철 안에서 집에서 저녁에 할 얘기를 정리해보기도 했어. 너무 지나치다 싶어서 그만두려고 했는데, 결국 하고 말게 되더라고. 집에 혼자 있을 때는 어제 했던 대화를 떠올리면서 조금씩 수정하기도 했지. 아, 거기서는 좀더 엉뚱한 소리를 하는 편이 좋지 않았을까, 라든가, 거기서 다시 한번 같은 말을 되풀이하는 편이 더 웃겼겠네, 하는 상상도 하면서. 이건 너무 지나치다 싶어서 그만두려고도 했지만 도저히 그만둘 수가 없었어. 분명히 도쿄도 비슷한 짓을 하고 있었을 거야."

야마자키 씨는 목에 걸친 수건으로 입 주변을 닦았다.

"이런저런 일들로, 내가 혼자 살게 되기 전까지 반년이 즐
겁게 지나갔어. 우리는 정말로 사이가 좋았지만 그렇다고 지
나치게 찰싹 달라붙거나 하진 않았거든. 기본적으로 서로에
게 아무런 간섭도 하지 않았으니까. 밤 외의 시간은 서로를
무시하고 자기 맘대로 지냈어. 덕분에 싸움 한 번 안 했고.
아, 한번은 어느 쪽이 보스인가를 놓고 다툰 적이 있었지."

"어느 쪽이 보스야?"

나는 흥미진진하게 물었다.

"집 안에서는 도코, 밖에서는 나."

"그렇구나."

왠지 납득할 수 있었다.

"그런데 왜 나간 거야?"

"처음부터 반년 후엔 나간다고 정해놨었어. 우리는 그 한
정된 반년 동안 깔깔 웃으면서 온 힘을 다해 농밀한 공간을
구축한 거야. 아주 농밀하고 친밀한 공간. 그래서 그런 공간
이 분명히 그곳에 자리하고 있다는 걸 우리는 완전히 이해했
어. 그랬기때문에 이젠 됐다고 생각한 거지. 만족했어. 같이

180

살아보지 않았으면 영원히 알 수 없는 일이었을 테지만, 알았으니까 이젠 된 거야. 그건 완전히 깨달은 시점에서 그곳에 계속 존재할 수 있는 것이 돼. 멀리 떨어져 있더라도 말이야."

"호오~" 나는 감탄했다.

"호오~ 하지 마. 너도 감탄만 하고 있을 상황이 아냐. 너, 내가 하는 말, 무슨 뜻인지 알겠어?"

"응." 나는 말했다. "아마도."

"그렇구나."

나와 야마자키 씨는 왠지 모르게 입을 다물었다. 나는 내 유리컵과 야마자키 씨의 유리컵에 매실주를 따르고, 얼음도 다시 넣었다.

우리는 말없이 매실주를 마셨다. 도중에 야마자키 씨가 "말이 조금 많았네" 하고 말했지만, 그 말 외에는 묵묵히 매실주를 계속 마셨다.

야마자키 씨는 담뱃불을 붙이고, 그것을 맛있게 피웠다. 그러고는 다 피울 때까지 말이 없었다.

텔레비전에서는 어느샌가 레이스가 끝난 것 같았다. 위장약 광고와 대출회사 광고와 오페라 공연 소식이 계속해서 흘러나오다가, 마지막으로 상쾌한 음악과 함께 추억의 애니메이션이 텔레비전 방송시간의 종료를 고했다.

이윽고 화면이 모래폭풍으로 바뀌어서 전원을 껐다. 텔레비전은 뚝 하는 소리를 남기고, 서서히 단순한 상자로 변해갔다. 그리고 방은 조금 어두워지고, 주위도 아주 고요해졌다.

멀리서 냉장고가 웅웅거리는 소리가 들렸다. 내가 유리컵을 가볍게 흔들자, 짤랑짤랑 하는 맑은 소리가 났다. 옆에서 야마자키 씨가 크게 숨을 들이쉬고, 다시 휴우 하고 숨을 내쉬었다. 조용한 밤이었다. 이렇게 조용했었나 싶을 정도로 조용했다.

야마자키 씨가 테이블에 올려두었던 유리컵을 들고 살짝 기울였다. 야마자키 씨는 컵 안의 얼음을 가만히 바라보았다.

"그애는 수집광이야."

작지만 잘 들리는 목소리로 말하더니 야마자키 씨는 살짝 미소지으면서 고개를 들었다.

"그애는 뭐든지 주워와. 후후. 도넛 가게의 재떨이라든가, 공사현장의 파일론. 그리고 어딘가에 달려 있던 조명장식이라든가 책장. 그리고 장식장도. 너, 알아? 그애는 수집광이야."

야마자키 씨는 이쪽을 바라보며, 빙그레 웃었다.

"그러니까 도코는 이바라키의 바닷가에서 나를 주운 거야, 후후. 전 남편이었던 엔지니어도 분명히 어딘가에서 주워왔을 거야. 그리고 요전에는 말이지, 후후후, 남동생까지 주워왔어."

어두컴컴한 속에서 미소짓는 야마자키 씨의 입모양이 나의 마음속에 새겨졌다. 양끄트머리가 깔끔하게 마무리된, 샤프하고 솔리드한 초승달. 완벽한 곡선이었다.

"하지만 말이야, 그거 알아? 그애는 다정해. 정말로 다정해."

야마자키 씨는 부드럽고 느긋한 어조로 말했다.

"다정한 수집광이야."

그 부분만 리버브가 들어간 것처럼, 그 단어는 잔향을 남기며 울려퍼졌다. 그것은 내 안에 기분좋게 스며들었고, 그것과 같은 정도로 방의 바닥이나 벽이나 케이폭이나 소파에도 스며들었다.

"너도 참, 오란다고 강아지처럼 쫄래쫄래 따라와서 이름까지 받고, 이상한 남자애야."

우리는 또, 한동안 말없이 매실주를 마셨다.

"저기 말이야."

갑자기 말을 꺼내더니, 야마자키 씨는 곧 입을 다물었다.

"왜?"

야마자키 씨는 잠시 뜸을 들이다가 다시 입을 열었다.

"난, 친구의 남동생과 키스하는 것이 꿈이었어." 야마자키 씨는 남 일처럼 말했다. "친구의 눈을 피해서 몰래 키스를 나누는 거야."

내가 야마자키 씨 쪽을 바라보자, 야마자키 씨는 흘긋 이쪽을 쳐다보았다. 대수롭지 않다는 몸짓이었다. 내가 테이블에 유리컵을 놓고 다시 한번 야마자키 씨 쪽을 보자, 이번에는 야마자키 씨가 가만히 내 눈을 들여다보았다.

나는 야마자키 씨에게 몸을 기울여서, 키스를 했다.

야마자키 씨의 입술에서는 몽실몽실하고 보드라운 감촉이 느껴졌다. 맞닿은 입술의 차갑고 촉촉한 느낌이 너무 좋았다. 나는 내 입술도 말랑말랑해지도록 힘을 뺐다. 우리는 잠시 동안 살짝 입을 맞추고, 그리고 천천히 떼었다.

야마자키 씨가 반짝이는 눈으로 나를 보았다. 나는 부끄러워져서 그 시선을 피해 테이블 위로 시선을 돌렸다.

그것은 완만하게 마무리된 키스였다. 불 꺼진 거실이라는 검은 종이에서 나와 야마자키 씨만을 추출해낸, 두 사람만 떼어내서 도화지에 붙여놓은 듯한 모습의 키스였다. 굉장해, 나는 생각했다. 이런 일이 일어나다니, 인생은 정말 굉장해.

주위는 고요해서 눈을 깜빡이는 소리까지 들릴 것만 같았다.

몸 속이 저려오는 듯해 그쪽으로 의식을 집중하자, 이번에는 그것이 서서히 밖으로 밀려나오더니 이윽고 온몸을 뒤덮었다.

살짝 몸을 움직이자 그걸로 온몸의 긴장은 녹아내리고, 야마자키 씨의 입술 감촉만이 부드럽게 남았다.

나는 다시 테이블 위에 눈길을 주었다. 조금씩 밤의 마법이 사라져갔다.

잠시 그렇게 있는데 옆에서 희미한 소리가 들려왔다. 소리라기보다는 기척에 가까웠다. 그것은 어쩐지 예사롭지 않은 기척이었다.

돌아보니, 야마자키 씨가 뚝뚝 눈물을 흘리고 있었다.

"왜 그래?"

나는 깜짝 놀라서 말했다. 야마자키 씨는 그 말에 대답하지 않고, 구부린 무릎 위에 고개를 푹 파묻고 계속 눈물만 흘렸다. 눈에서 흘러나온 눈물은 빰을 타고 흘러, 무릎 위의 수건에 소리없이 스며들어갔다.

"괜찮아?"

야마자키 씨는 무릎 위에서 고개를 끄덕이고 몇 번인가 코를 훌쩍였다. 일단 그것으로 울음은 멈췄지만 여전히 고개는 무릎 사이에 파묻고 있었다. 잠시 뒤에 야마자키 씨는 다시 소리없이 울기 시작했다. 라스트 스퍼트라는 느낌이었다.

숨죽인 오열. 그것은 너무나 멋진 울음이라, 다른 사람이 본다면 감동해서 눈물을 흘릴 거란 생각이 들 정도였다. 뜨겁고도 고요한 것이, '남몰래 흐느끼다'란 표현에 가깝다는 느낌이었다.

나는 그저 그것을 지켜보았다. 뭐라고 말을 꺼내야 할지 눈곱만큼도 떠오르지 않았다. 한동안 울고 난 야마자키 씨는, 간신히 무릎에서 얼굴을 떼고 눈가를 수건으로 눌렀다.

"감동해버렸어, 미안해."

다시 한번 코를 풀더니 야마자키 씨는 말했다.

"이렇게 다정한 키스는 태어나서 처음이야."

야마자키 씨는 고개를 들고 억지로 웃는 얼굴을 만들어 보였다. 그 모습을 보자 나는 그녀를 따라서 울고 싶어졌다.

야마자키 씨는 나를 보더니, "응?" 하고 말했다. 그리고 다시 자신의 눈가를 누르면서, "바보구나, 괜찮아" 하고 위로하듯이 말했다.

야마자키 씨는 코를 풀거나 눈을 비비거나 하면서, "너는 재능이 있어"라든가 "지금까지 해본 것 중에서 최고였는지도 몰라" 하는 말을 웃는 얼굴로 눈물지으며 말했고, 나는 그때마다 왠지 모르게 울고 싶어졌다.

간신히 울음을 그친 야마자키 씨는 마지막으로 "네 누나는 진짜 못했는데 말이야" 하고 굉장한 소리를 했다. 그리고 팽~ 하고 코를 풀고 "뭐, 어쨌든 잘 먹었습니다" 하고 말했다.

한숨을 쉰 뒤에 야마자키 씨는 "담배 피워도 돼?" 하고 물었다.

"응, 나도 한 대 줘."

우리는 나란히 서서 담배를 피웠다. 왠지 모르게 우리는 위를 바라보며, 연기 두 줄이 올라가 천장 근처에서 섞이는 것을 바라보았다.

야마자키 씨가 환기를 위해 창문을 열자 미적지근한 공기가 들어와서 방 안의 공기를 희석시켰다. 별이 떠 있네, 야마자키 씨가 말했다.

이렇게 연기를 바라보는 건 즐겁구나, 나는 생각했다. 하지만……

나는 고양이의 발밑에 담배를 비벼 껐다.

"오늘만 피우는 거다?"

야마자키 씨는 조금 엄한 얼굴로 그렇게 말했다.

"응."

나는 대답했다. 이렇게 맛없는 건 한 번으로 충분했다.

나는 일어서서 창문 밖을 바라보았다. 하늘에는 몇 개의 별이 또렷이 보였다.

◇

6월이 되었다.

비 오는 날도 많았지만, 맑은 날에는 꼭 공원에 갔다. 마침 호신술의 수련도 마지막 장을 마치고 처음부터 다시 시작할 즈음이었다.

처음부터 다시 해보니 역시나 나는 대부분의 움직임을 잊어버리고 있었다. 다만 반복하는 도중에 아, 이 부분은 몸이 기억하고 있구나, 하는 느낌이 들었다. 몸이 기억하고 있다는 느낌이 어쩐지 호신술의 핵심에 가 닿은 것 같아서 기분이 좋았다.

산책에서 돌아오면, 다림질을 하거나 빨래를 하거나 욕실을 청소하거나 했다. 그리고 간단한 식사를 했다. 누나는 항상 귀가가 늦었지만, 가끔씩 일찍 들어올 때면 같이 밥을 먹었다. 그리고 시간이 되면 나는 출근했다.

우루시바라로부터는 최근 이 주 정도 소식이 없었다. 그래도 심야의 체조는 계속하고 있었고, 그것을 우루시바라가 계속 지켜보고 있는 것도 같았다. 느낌으로 알 수 있었다.

체조를 마치고 나면 국도를 주의해서 바라보며 시간을 보냈다. 보통 십 분 정도 기다리면 스쿠터가 달려가는 모습을 볼 수 있었다. 똑똑히 확인한 것은 아니지만 아마도 그게 우루시바라일 것이다. 시간으로 봐도 딱이고, 속도도 우루시바라다웠다. 그쪽도 분명 내가 보고 있는 것을 깨닫고 있겠지, 하고 생각했다. 그것도 느낌으로 알 수 있었다.

6월 들어서 네번째 출근일에 우루시바라가 찾아왔다. 오랜만에 편지를 가지고 온 것이다.

우루시바라는 변함없이 아무 말도 하지 않았고, 나도 보통 손님에게 하는 것 이상의 말은 한마디도 하지 않았다. 그저 나는 여느 때보다 친근함을 담아서 말을 걸고, 여느 때보다 친근함을 담아서 기름을 넣었다. 우루시바라는 그런 행동에 고개를 끄덕일 뿐이었지만, 그 친밀한 공기를 기꺼이 받아들여주는 것으로 보였다.

내가 기름을 넣고, 우루시바라는 지켜본다.

그리고 우리는, 명함을 교환하는 것처럼 영수증과 편지를 교환했다. 매일 스쿠터를 타고 다녀서 그런지 기름값은 처음으로 백 엔을 넘었다.

우루시바라는 떠나가고, 편지는 남는다. 휴식시간을 기다렸다가 나는 봉투를 뜯었다.

조금 둥글고 삐침과 파임이 강조된 우루시바라 문자. 조금 진한 그 문자에, 나는 금세 정겨움을 느끼고 있었다.

그 동안 안녕하셨나요, 우루시바라입니다.

요전의 편지 이후로, 저는 이제 그만 들뜨기로 했습니다. 그리고 다시 '해설, 예제, 연습'의 바다로 뛰어들었습니다.

바다 밑바닥은 미지근하고 조용해서 이상하게 기분이 좋습니다. 그러나 역시 어둡고, 헤엄치기에는 숨이 찹니다. 그래서 저는 세시 반이 되면 수면 위로 올라옵니다. 그리고 쌍안경을 꺼냅니다. 그러고 나서 산책도 하고, 편지도 씁니다.

하지만 그 이외의 시간은 딴짓 않고 공부를 하고 있으니 걱정하지 마세요. 적어도 어지간한 수험생보다는 훨씬 깊이, 그리고 오랫동안 물 속에 들어가 있습니다.

저는 기분전환에 있어서는 달인입니다.

우리 가족 사이에서는 전설이 되어 있는 '레이코의 독서' 라는 일화가 있습니다.

제가 그림책을 볼 수 있게 되었을 즈음에, 그림책을 안고 서 텔레비전을 보고 있었다는 상황에서 그 전설은 시작되었습니다.

아버지의 관찰에 의하면 저는 광고가 나올 동안에 그 그림책을 읽기 시작했다고 합니다.

아버지는, 보통 아이들은 굉장한 집중력을 발휘하는 대신에 항상 한 가지밖에 머릿속에 없다, 이런 식으로 두 가지를 전환하려고 하는 아이는 분명히 범상치 않은 아이다, 장래에 크게 될 것이다, 라고 역설했다고 합니다.

지금은 아버지께서도 "흔히 들을 수 있는 자식 자랑이지" 하고 말씀하시지만, 어머니께서는 그 이야기가 나오면 "어느 아이에게나 그런 전설은 있어요" 하며 웃으십니다.

그것과 관계가 있는지 없는지는 알 수 없지만, 어쨌든 저는 기분전환에 능수능란한 수험생으로 자랐습니다. 그것은 아마도 틀림없습니다. 예를 들면 쌍안경으로 체조를 다 지켜본 저는, 빙그레 웃고, 웃은 다음에는 마치 아무 일도 없었다는 듯 다시 공부를 시작하곤 합니다.

한자와 씨에게도 전설이 있으신가요? 참고로 제 동생은, 이 아이는 장래에 저금을 잘하는 어른이 될 거야, 라는 이야기를 들었습니다.

남동생에게는 먹을 것을 저장해놓는 버릇이 있었습니다. 다람쥐가 땅 속에 도토리를 모아두는 것처럼 그애는 새우튀김의 꼬리부분을 장난감 상자 안에 감춰두곤 했습니다.

그것을 발견한 사람은 어머니였습니다. 동생은 그 이유를 묻는 어머니께 잘 설명하지는 못했지만, 어쩐지 아주 자랑스러워하는 눈치였다고 합니다.

요즘도 동생은 돈을 쓸데없는 데 썼다는 것을 들키면 아버지와 어머니께 그 이야기를 듣습니다. 하다못해 다람쥐처럼 겨울을 날 수 있을 정도의 저축은 하려무나, 하는 이야기를 듣고 몹시 분해하곤 하지요. 정말이지 너무나 귀여운 남동생입니다.

한자와 씨는 어떤 아이였나요? 저는 요즘 한자와 씨에 대해서 닥치는 대로 상상해보고 있습니다.

한자와 씨의 어린 시절, 성격, 가족 구성, 취미.

정보가 거의 없는 상황에서 멋대로 상상하는 것이니, 상상이라기보다는 창조에 더 가깝겠지요.

너무 제 입맛에 맞게 상상하지 않도록 자제하려 하지만, 결국에는 항상 우루시바라 취향의 한자와 씨를 만들어놓고 맙니다. 하지만 극단적으로 말하자면 어느 한 사람에게 다른 누군가란 항상 그런 것이 아닐까요. 어떻게 생각하시나요?

이런 일은 결과에 따라서는 아주 실례가 될지도 모릅니다만, 창조는 멈추지 않습니다. 지금 제 안에서 한자와 씨가 어떤 모습인지 조금만 써보고 싶습니다. 실례가 된다 해도 웃어넘겨주시기 바랍니다.

한자와 씨가 태어난 곳은 아마도 이 근방이 아닐까 합니다. 이 동네를 자전거로 돌아다니는 사람은 대개 오랫동안 이 근처에서 살고 있는 사람들뿐이고, 멀리서 온 사람은 어쩐지 구분이 가잖아요? 그런 분위기는 느껴지지 않거든요.

한자와 씨의 집은 술집이라든가 세탁소라든가 쌀가게 같

은 종류의, 지역 밀착형 가게가 아닐까 합니다.

가족은 한자와 상회의 주인이며 근면성실하게 일하시는 아버지와, 적당히 애교 있는 어머니, 그리고 이제 열아홉 살이 되는 한자와 씨. 그리고 이건 약간 자신이 있는데, 조금 나이 차가 나는 여동생이 있지 않을까 합니다. 어쩌면 남동생일지도 모릅니다만, 저는 아무래도 여동생일 것 같다는 느낌이 듭니다. 어느 쪽이든 조금 나이 차가 난다는 점이 포인트인데, 아마도 다섯 살이나 여섯 살 터울의 오빠에게 찰싹 붙어 다니는 여동생이나, 형을 졸졸 따라다니는 남동생이 있을 것 같습니다. 왠지 그런 느낌이 듭니다.

그렇지만 한자와 씨에게는 장남 같은 듬직함 같은 것은 별로 느껴지지 않습니다. 그러니까 한자와 씨에게는 손위 형제도 있을 것 같다는 기분이 듭니다. 역시 형이라기보다는 누나. 세 살 정도 차이가 나는, 장녀답게 아주 똑소리 나는 누나가 있을 것 같습니다.

한자와 일가는 언뜻 보면 유대관계가 희박해 보이지만 실제로는 아주 사이가 좋고, 서로에게 관용적이라고 할까, 예를 들어 누군가가 아주 열심히 고민해서 결정한 일이라면 그것이 어떤 것이든 간에 가족 모두가 각자의 방법으로 아군이

되어주는, 차분하면서 듬직한 결속력이 있을 것 같습니다.

그런 한자와 일가에서 한자와 씨는 중간관리직 같은 역할을 맡고 있습니다. 부모님으로부터 누나나 여동생이 요즘 어떤지 질문을 받습니다. 반대로 누나나 여동생으로부터는 아버지나 어머니에게 말해줘, 하는 의뢰도 받습니다. 그런 역할은 플랫하고 공평하고 뉴트럴한 한자와 씨에게 잘 어울리고, 가족도 그런 한자와 씨를 깊이 신뢰하고 있습니다.

제멋대로 떠들어대서 죄송합니다. 이건 어디까지나 저의 상상이니 혹시라도 기분 상하지 않으셨으면 합니다.

그리고 한자와 씨의 인상 중에는 '사물을 소중히 다루는 사람'이란 것도 있습니다. 자전거를 아주 정성스럽게 매만지고 있었죠.

그런 성격은 분명 어린 시절부터 내려온 걸 거라고 추측됩니다. 누나에게 물려받은 오래된 조각칼을 아주 조심스럽게 다루었을 테고, 잘 손질해서 다시 여동생에게 물려줬겠지, 하는 생각이 듭니다.

그리고 기름을 넣는 태도가 아주 정중했죠.

그 모습에서 떠오르는 것은, 가족에게 된장국을 하나하나 떠주는 모습입니다. 그릇의 종류나 분량 같은 것에도 꼼꼼히 신경써서 각자에게 맞는 적당량을 공평하게 나눠줄 것 같습니다.

그런 것은 멀리 있는 누군가를 돌아보게 만드는 요소는 아니지만, 주위 사람들을 조금씩 행복하게 만든다고 생각합니다. 저는 그런 것이 부럽습니다. 저 자신이 그렇게 되고 싶다고 생각하고 있어서요.

그런데, 여기까지 썼을 즈음에 저는 중요한 것을 깨달았습니다. 저는 애당초 한자와 씨의 이름조차 모르는 것입니다.

이런 상황이니 이것도 상상해보기로 합니다.

한자와 씨의 풍모로 추측하자면, 그다지 거창한 이름이나 시원시원한 느낌의 이름은 아닐 것 같습니다. 성과 깨끗하게 맞아떨어지는, 한자와 씨 댁 삼남매의 차남 같은 이름. 아주 자연스럽고, 그렇다고 해서 엉뚱하지도 않은, 굳이 표현하자면 전통적이면서도 강한 인상을 주는 이름……

즉, 한자와 겐지.

어떻습니까? 한자와 겐지. 발음도 느낌이 괜찮네요.

이렇게 종이에 쓴다는 행위는 정말 무섭네요. 금세 제 안에서는 맹렬하게 한자와 겐지가 정착되어가고 있습니다. 지금이라도, "그러면 겐지 씨의 취미는……" 하고 계속 써나가버릴 것 같습니다.

이래서는 본명을 알았을 때 돌이킬 수 없을 것 같으니, 이 겐……이 아니라, 이 건은 잊기로 하겠습니다. 재미없네요. 죄송합니다.

너무 폭주하는 것도 별로이니, 마지막으로 한자와 씨의 취미에 대해 상상하고 마치려고 합니다.

취미인지는 잘 모르겠지만, 우선 확실한 것은 체조 마지막에 하는 그 태극권 같은 것 말입니다, 왠지 기의 흐름이 좋아질 것 같아서 건강에 좋아 보이더라고요. 특히 책상 앞에 앉아 있기만 해서 햇빛을 쬐지 못하는 저 같은 사람은 기가 정체되어 있을 것 같으니, 간단히 할 수 있는 자세 같은 것이 있다면 알려주세요.

그리고 한자와 씨는 자전거를 좋아하는 것 같으니, 휴일에는 사이클링을 할 것 같습니다. 산책의 연장 같은 느낌으로, 잠깐 동안의 소풍을 즐기는 정도가 아닐까 합니다.

그리고 이건 정말로 그냥 생각난 것인데, 시민 오케스트라 같은 악단에서 첼로 같은 악기를 연주할 것 같다는 느낌도 듭니다. 근거는 전혀 없습니다. 다만, 어쩐지 그런 것이 어울릴 것 같다는 기분이 들었습니다.

이상, 지금 제 안에서 한자와 씨는 이런 사람이 되어 있습니다.

물론 이것은 제가 멋대로 만들어낸 이미지이니, 궤도를 수정하거나 새롭게 살을 붙이거나 할 필요가 있습니다. 저는 그 일을 조금씩 해나가고 싶습니다. 조금씩, 이란 게 포인트입니다.

앞으로 한자와 씨에 대해서 조금씩 알아갈 때마다, 거봐~ 내가 뭐랬어, 하고 생각하거나, 어? 정말? 하고 놀라는 것은 아주 즐거운 일이겠지요. 저는 정말로 기대하고 있습니다.

그래서 말인데, 갑작스럽습니다만 저와 데이트하지 않으시겠습니까?

이대로라면, 제 안에서는 한자와 겐지가 굳건히 자리잡아버릴 테고, 한자와 씨 안에서도 우루시바라=이상한 녀석이라는 이미지가 정착되겠지요.

한자와 씨는 아마도 겐지란 이름이 아닐 것이고, 저도 그렇게 이상한 애는 아닙니다. 이번에 제가 한 행동은 분명히 평범한 일은 아닙니다만, 저 자신은 지극히 평범한 수험생에 지나지 않습니다.

저는 이 일들의 초기 단계에서 벌어진 오차를 수정할 필요가 있다고 생각하고, 용기를 내어, 데이트를 제안했습니다.

만나고, 이야기하고, 웃고, 헤어지고 하는 가벼운 데이트를 생각하고 있습니다. 하이킹(산책)같이 조금 아웃도어적인 것이 좋겠네요.

멋대로 앞서나가서 죄송합니다만 저는 지금, 목적지나 루트, 만날 장소, 시간 진행 등의 계획을 면밀히 짜보고 있습니다. 먼저 이야기를 꺼낸 것은 제 쪽이니, 그 부분은 확실히 해두고 싶습니다. 물론 한자와 씨의 휴일에 결행할 예정입니다. 계획에는 정성을 들여서, 사전답사도 해보고, 대화가 중간에 끊어져도 문제 없도록 지참할 물건들도 잘 연구해보려 합니다.

그러니 한자와 씨는 안심하고 함께해주세요. 아무 걱정도 하지 마세요.

멋대로 제 말만 늘어놓아서 정말 죄송합니다. 데이트를 원치 않으시다면 라디오 체조 두번째 순서에 있는 그 알통 만드는 이상한 체조를 해주세요. 그것을 보면 포기하겠습니다.

순조롭게 데이트를 할 수 있다면, 그때는 한자와 씨에 대해서 조금이라도 알려주세요. 기대하고 있습니다. 날짜와

약속장소가 정해지면 다시 연락드리겠습니다.

그러면 이만. 일 열심히 하세요.

우루시바라로부터

한자와 씨께

◇

특기인 호신술을 태극권이라고 부른 것에는 완전히 허를 찔린 기분이었지만, 우루시바라의 창조는 일부 사실과 일치했다. 확실히 나는 휴일마다 자전거로 소풍을 가고 있었다.

수요일과 토요일, 나는 평소보다 일찍 일어나서 '어디2'를 타고 달렸다. 행선지는 이만분의 일 지도에 표시된 장소. 지도상에 흩어져 있는 마을 이름 중에서 하나를 골라서 표시를 하고, 실제로 가본 다음에는 그것을 덧칠해 지운다.

대개의 마을에는 그곳 나름의 사적이나 기념관 같은 것이 있었다. 그런 것이 없는 마을에도 신사나 공원이나 도서관이 있었다. 나는 그중 하나를 지도에서 찍어, 그곳을 목표로 소풍을 갔다.

목적지에 도착하면 나는 그 장소에 어울리는 일, 예를 들면 견학을 하거나 참배를 하거나 책을 빌리거나 하고, 그게 끝나면 오는 도중에 점찍어둔 카페나 패밀리레스토랑에 들렀다.

나는 커피를 마시면서 지도를 펼치고, 그날의 성과를 덧칠해 지웠다. 그리고 다음 휴일을 위해서 새로운 마을을 골라 표시를 하고, 잠시 책을 읽은 뒤에 가게를 나와 귀갓길에 오른다.

한낮에 출발해서 해질녘에 돌아올 때도 있었고, 날이 어두워졌는데도 목적지에 도착하지 못할 때도 있었다. 이번에 목적지에 도착한 것은 오후 네시를 조금 넘겼을 무렵이었기 때문에 빠르지도 않고 느리지도 않은 정도였다.

이번 목적지는 지도에서 발견한 '야나기유'라는 이름의 대중목욕탕이었다. 정말 눈에 안 띄는 곳에 표시되어 있어서, 어쩌면 그곳에는 이미 야나기유라는 목욕탕은 없어졌을지도 모른다고 생각했다. 하지만 실제로 야나기유는 있어야 할 곳에 틀림없이 존재하고 있었다.

구석진 골목으로 조금 들어간 곳에서, 야나기유는 조용히 영업중이었다. 올려다보자 낡고 그을음에 찌든 굴뚝이 보이고, 입구에는 남색 포렴이 걸려 있었다. 입구 안에는 번듯한 목욕탕 카운터가 있었고, 그곳에는 당연하다는 듯이 할머니가 앉아 있었다.

카운터에 돈을 내자, 할머니는 무덤덤하게 나를 보고는 곧 발밑의 텔레비전으로 시선을 돌렸다. 나는 카운터 왼쪽을 지나 탈의실로 향했다.

탈의실에는 키 큰 선풍기가 돌아가고 있었다. 이제는 어디에도 팔고 있지 않을 듯한 감기약 간판이 걸려 있고, 어깨를 마사지하는 팔걸이의자가 놓여 있었다. 모든 것이 기적처럼 낡아 있었다. 바닥이나 벽이나 선반은 전부 얇은 나무판으로 만들어져 있는데, 모서리마다 반들반들 검게 윤이 나고 있었다. 그리고 그것들은 묘하게 정결한 느낌을 풍겼다.

등에 멘 가방에서 목욕 도구를 꺼내고, 옷을 벗어서 바구니 안에 던져넣었다.

욕탕 안에 들어가자 두 명의 노인이 있었다. 한 사람은 그냥 가만히 욕조에 몸을 담그고 있고, 다른 한 사람은 몸을 씻고 있었다. 두 사람 다 나에게는 전혀 흥미를 보이지 않았다. 그것이 대중목욕탕의 예의라고 말하는 듯한 모습이었다.

나는 욕실 구석에서 몸을 씻고, 다 씻고 난 뒤에 욕조로 다가갔다. 그러나 욕조의 물은 말도 안 될 정도로 뜨거워서 도저히 들어갈 수 있을 것 같지 않았다.

포기하고 아까 씻던 자리로 돌아와서 머리를 감았다. 머리를 다 감은 나는, 여기까지 왔는데 욕조에 푹 잠겨보지 않는 것은 방을 얻어놓고 거기 살지 않는 것과 마찬가지 아닌가, 하고 생각했다.

나는 신속히 결단했다.

—어떻게든 들어가보자. 기합으로 밀어붙여보자.

욕조에 한쪽 발을 담가보니, 뜨겁다기보다는 따끔따끔 아팠다. 꾹 참고 다른 한쪽 발도 집어넣어보았다. 고문 같았지만 참았다.

양발로 욕조 안에 서자 어떻게든 될 것 같다는 기분도 들기 시작했다. 나는 어깨까지 담그는 것을 목표로 천천히 잠겨들어갔다. 그리고 목표를 달성하는 것과 동시에, 재빨리 일어나서 전선을 이탈했다.

그래도 해냈다는 마음에 기분이 좋아졌다. 다시 몸을 씻고 욕탕에서 나왔다.

그건 그렇고, 하고 나는 생각했다. 욕조 안에 있던 노인의 인내력은 경이적이었다. 그는 저 악몽처럼 뜨거운 물 속에 아무렇지도 않게 들어가 있었다. 굉장해, 하고 나는 생각했다. 제자로 들어가고 싶을 정도였다.

나는 몸의 물기를 닦고 옷을 입었다. 선풍기 앞에 서서 바람을 쐬고, 체중계에도 올라가보았다. 커피우유도 사서 마셨다.

얼추 대중목욕탕이란 곳을 체험해본 나는 목욕 도구를 가방에 집어넣고 야나기유를 나왔다. 다시 태어난 듯한 기분이 들었다.

자전거의 페달을 밟을 때마다 바깥 공기가 기분좋게 스쳐지나갔다. 나는 의미도 없이 벨을 울리고, 엉덩이를 들어올리고 '어디2'를 힘차게 가속시켰다.

패스트푸드 가게는 붐비고 있었다. 이층에는 학교에서 나온 학생이나 주부, 어린아이, 젊은 커플이나 샐러리맨 등 여러 부류의 인간들로 꽉 차 있었다.

물론 갓 목욕을 끝내고 나온 사람은 나뿐이었다.

층 전체를 둘러보고 빈자리를 찾았다. 테이블 쪽은 만석 같았지만, 벽을 따라 배치된 개인석이 몇 자리 비어 있었다.

나는 그중 왼쪽 자리에 앉았다. 빈 의자 두 개 건너 오른편에는, 영업을 마치고 돌아가는 듯 보이는 샐러리맨이 작은 휴대전화 같은 것에 뭔가를 열심히 입력하고 있었다.

나는 아이스티를 한 모금 마시고 지도를 꺼냈다.

지도에는 덧칠해진 표시가 거의 같은 간격으로 흩어져 있었다. 나는 오늘 온 마을을 형광펜으로 덧칠했다. 덧칠된 표시들은 누나의 집을 중심으로 가지런한 원을 그리고 있다.

나는 닭고기를 한 입 베어물고 나서 다음 목적지를 찾았다. 가능한 한 원을 무너뜨리지 않을 만한 목적지가 제일이다.

등뒤에서는 여러 가지 목소리가 들려온다. 그것들은 전체로 보면 단순한 잡음이었지만, 의미를 담은 단어도 드문드문 들려왔다. 예를 들면 바로 뒤의 테이블에는 여고생이 시험이 어떻고 숙제가 어떻고 하는 종류의 이야기를 하고 있고, 조금 떨어진 곳에는 어린애가 계속 떼를 쓰고 있었다.

나는 앞에 놓인 지도에 새로운 표시를 했다. 그로 인해 집을 중심으로 한 원은 조금 모양이 어그러졌지만, 다른 후보지를 선택하는 것보다는 어그러짐이 덜했다. 또 그 마을에는 종이박물관이라는 곳이 있어서 목적지로 삼기에는 안성맞춤이었다.

나는 만족하고 지도를 집어넣었다.

멀리서 아이들의 기성이 들리고, 이어서 뒤의 여고생들이 웃는 소리가 났다. 그녀들은 깔깔 웃으면서 사카모토라는 교사의 엉뚱한 버릇에 대해 호들갑스럽게 떠들어대고 있었다.

나는 가방에서 책을 꺼냈다. 도서관에서 빌려온 추리소설. 군청색 밤하늘을 배경으로 석조 아치교의 실루엣이 뚜렷하게 떠올라 있는 하드한 터치의 표지였다.

책을 펼쳤을 때, 또 여고생들이 교성을 질렀다. 그녀들은 이번에는 요시와라라는 이름을 연호하고 있었다. 그것과 마쓰누마라고 하는 이름이 뒤섞여 들려왔다.

아무래도 그녀들은 요시와라와 마쓰누마 중 어느 쪽이 더 나은가 하는 이야기를 하는 모양이었다. 그녀들 중에서 가장 목소리가 큰 여자애는 마쓰누마 쪽이 낫다고 주장하고, 나머지 둘은 요시와라 쪽이 낫다고 생각하고 있는 듯했다.

나는 그녀들의 토론에 귀를 기울였다.

이야기하는 것은 주로 목소리가 큰 여자아이였다. 그녀의 말은 전혀 앞뒤가 맞지 않았지만, 표현은 능숙했다. 그녀는 요시와라의 꼬락서니에 대해서, 때때로 과장되게, 때때로 웃기고 재미있게 이야기했다.

나머지 두 사람은 그녀의 말에 웃으며 동의하면서도, "하지만 마쓰누마는" 하면서 마쓰누마의 행실을 다방면에 걸쳐 지적했다.

그녀들의 이야기를 종합하면, 마쓰누마 쪽이 훨씬 더 구제불능이란 생각이 들었다. 요시와라의 행동은 어딘가 미워할 수 없는 부분이 있는 데 반해, 마쓰누마는 명백한 구제불능이었다.

나는 다시 책으로 눈길을 돌렸다.

그 소설은 주인공이 감금된 빌딩 속 어느 방의 묘사에서 시작하고 있었다.

등뒤에서 변함없이 여러 가지 소리들이 들려왔지만, 나는 의식적으로 그것을 차단했다. 처음에는 성공했지만, 잠시 후에 젊은 남자의 목소리가 강제로 끼어들어왔다.

젊은 남자는 누군가를 향해서 "어라?" 하고 말했다. 그 "어라?"는 서너 번 반복된 뒤에 "이야~" 하는 감탄사가 되고, 마지막에 "호시구나!"라는 확실한 대사로 변했다.

"오랜만이다, 호시. 일 년 만이던가? 아니, 더 오래됐지?"

남자의 목소리는 처음에는 깜짝 놀랄 정도로 우렁찼지만, 점점 평소의 톤으로 안정되어갔다.

"아, 미안. 너희들은 먼저 가. 나도 금방 따라갈게."

남자는 말했다. 그의 일행인 두 남자가 천천히 밖으로 나가는 것이 보였다.

"진짜 옛날 생각난다, 호시. 정말 하나도 안 변했구나. 이런 곳에서 만날 줄은 생각도 못 했어. 이야, 진짜 대단하다. 정말 오랜만이야. 그래서, 뭐야, 이 근처에 살고 있어? 아, 그래. 오호~ 응? 아, 나? 괜찮아, 걱정 마. 그런 것보다도, 넌 요즘 뭐 하고 있어? 아니 그런 거 말고. 학생이야? 어, 진짜로? 정말? 헤~ 하지만 별로 안 어울리는데. 나는 네가 미국에 간 줄로만 알고 있었어. 어? 아니 그런 게 아니라, 네가 전혀 안 보이니까 모두 엉뚱한 소리들만 하더라고. 호시는 미국에 유학 갔다더라, 아니다 거기가 아니라 호주에 갔다더라, 그게 아니라 개 죽었다더라, 홋카이도의 목장에 있다더라 하며 여러 가지 소문이 돌고 있었어. 정말이라니까. 그러면 뭐야, 넌 아무하고도 연락을 안 했던 거야? 어, 그래? 우와, 진짜? 그건 또 왜? 어? 아니 그러니까 왜? 뭐 어때, 알려줘. ……응. 그래, 그건 아는데, 그뒤에는 어떻게 됐는데. ……응. 그야 그렇지. 환영회란 그러기 마련이야. ……응. ……응. 아니, 처음에는 그럴지도 모르겠지만, 진짜 재미는 그 다음이잖아. ……응. 아니 뭐, 모르는 건 아니야. ……어? 어 떻게? 그거 진짜 잘됐네. 나라면 바로 오케이하겠는데. 어? 노래방? ……응. 그렇구나. 뭐, 싫다면 어쩔 수 없지. 그래 서? 어, 그것뿐이야? 정말로 그것뿐이야?"

남자는 한동안 입을 다물었다.

"뭐, 괜찮아. 화난 건 아니지? 어쨌든 뭔가 일이 있으면 연 락해. 여기에 번호를 적어둘 테니까. 잠깐만. 야야, 그러니까 아무 일 없어도 연락하라고. 친구잖아? 자, 이거. 꼭 해야 해. 모두들 걱정하고 있다구……"

남자는 잠시 입을 다물었다.

"그러면 이만 가볼게, 호시."

떠나가는 그 남자의 모습을, 나는 흘끗 바라보았다. 키가 크고 팔다리도 긴 남자였다. 그 남자는 어쩐지 어색한 움직 임으로 계단을 걸어내려갔다.

나는 고개를 숙이고, 그 남자와 호시 사이에 펼쳐진 흐릿 한 공기의 층 비슷한 것에 대해 곰곰이 생각했다. 아마도 그 남자의 속사포 같은 수다는 그 층에 난반사되어 호시에게 전 해지지 못한 게 아닐까 하는 생각이 들었다.

부드럽고 희미한 공기의 층. 하지만 절망적인 단절.

―친밀하지 않아!

나는 호시의 목소리가 들리는 것만 같았다.

소란을 피우던 어린애들은 이미 돌아간 모양이었다. 여고생들은 아직 뭔가를 열심히 이야기하고 있었다. 나는 책을 읽을 마음이 생기지 않아서, 그것을 덮었다.

냉장고에 붙어 있는 종이를 떼어내서, 나는 테이블 앞에 앉았다. 이력서라고 씌어 있는 그 종이를 바라보고 있으려니, 석 달 전 그것을 쓰기 위해 펜을 쥐었던 감촉까지 되살아나는 것 같았다.

한자와 료. 19세. 어디든지 갈 수 있는 티켓. 호신술. 다림질. 집에서 가까운 곳에서 남들에게 도움을 주고 싶어서. 세 방향에서 찍은 사진. 키스 마크.

나는 그것들을 한번 죽 바라보고, 마지막으로 종이를 뒤집었다.

제일 위에 '약력'이라고 쓰고, 나는 이 석 달 사이에 일어났던 일을 문자로 써내려가기 시작했다.

누나와 야마자키 씨와 만나다. 누나가 집으로 데려오다.

누나의 남동생이 되다. '한자와 료'라는 이름을 받다.

이력서와 이력서를 작성.

이와이 석유에서 아르바이트 개시.

호신술 수련을 시작.

재떨이를 사오고, 상으로 자전거를 받다.

우루시바라에게 편지가 오다.

심야에 체조를 시작하다.

기타 연습을 시작하다.

야마자키 씨와 키스하다.

우루시바라와 데이트하다. (예정)

우루시바라의 합격기념 파티. 국수를 만들다. (예정)

당연한 것이지만, 그것은 간단히 둥글게 말 수도 불태울 수도 있는 평범한 종이였다. 하지만 그것은 기대와 호기심에 넘치고 모든 가능성을 감춘 생명체처럼 느껴졌다. 또 그것은 하나의 소우주처럼 완결되어 있기도 했다. 그것은 그런 종이였다.

— 중요한 것은 의지와 용기. 그것만 있으면, 웬만한 일은

다 잘 풀리게 되어 있어.

그런 말을 듣고 쓴 나의 이력서였다.

그 종이를 조심스럽게 삼단으로 접었다. 지구의가 그려진 봉투에 넣고 갈매기 모양 스티커를 붙여서 봉했다. 뭔가를 맡기는 듯한 기분이었다.

◇

"결국 주간근무자 녀석들은 우리를 부러워하는 거야. 이러쿵저러쿵 떠드는 것도, 시급이 다르니까 그게 마음에 안 든다는 거지. 하지만 당연히 시급이 다를 수밖에 없는 것이, 실제로 야근을 하려는 사람이 더 적거든. 그런 건 일이 바쁘든 한가하든 관계없어. 만약 똑같은 시급을 받는다면 누구나 낮에 일할 거라고. 당연하지. 그런데도 그 녀석들은 그런 소리를 해. 바보란 생각 안 들어? 그렇지, 한짱?"

가토 씨가 대답을 요구해와서 나는 적당히 맞장구쳤다. 연일 계속된 비 때문에 오늘은 세차를 하는 손님이 부쩍 늘었다.

"그래도 말이야, 지난번 녀석들보다는 확실히 낫지."

전에 있던 놈들이란 내가 아르바이트를 시작하기 전에 있던 사람들로, 그 얘기는 이미 몇 번이나 들었다.

"그 녀석들은 붙임성은 좋았지만 행실이 나빴어. 계산대의 돈을 빼갔거든, 실제로. 이미 다들 누가 한 짓인지는 알고 있었어. 그런데 알고 있어도 얼굴을 마주하고 말하기는 힘들지. 녀석들은 그 부분을 파고든 거야. 결국에는 '그럼 누군가가 거스름돈을 잘못 준 거다' 하고 결론이 내려져서 모두 공평하게 변상했는데, 사실은 그놈들 짓이란 걸 다들 알고 있었어. 뭐, 그 녀석들이 잘려서 한짱이 들어오게 된 거지만 말이야. 정말로 그 녀석들은 행실이 나빴지."

대체 그게 어쨌다는 거야, 하고 나는 생각했다. 그만둔 녀석들 이야기는 이제 상관없잖아! 게다가 가토 씨는 주간근무자들하고도 사이좋잖아! 오늘따라 가토 씨의 이야기들은 하나하나 신경을 긁었다.

"녀석들은 일하는 중에 친구들을 부른다구. 밤중에 자기네 패거리들이 모여드는데, 일단 기름은 넣으니까 돌아가라고 말할 수도 없지. 그러면 한 시간이고 두 시간이고 마냥 죽치고 있는데, 이쪽은 일하는 중이잖아. 만날 그런 놈팡이들이……"

"가토 씨."

커다란 목소리로 나는 가토 씨의 말을 끊었다.

가토 씨는 놀란 얼굴로 나를 보았다. 그가 말하려던 무언가는 완전히 도려내져버린 모양이 되어 공기 속으로 흩날려갔다.

그는 무슨 일이 일어났는지 전혀 이해하지 못하겠다는 얼굴로 나를 바라보고 있었다. 그 모습은 일시정지시킨 비디오화면처럼 아주 불쌍하게 보였다. 누군가가 그것을 해제시켜주지 않으면 저주받은 석상처럼 언제까지라도 굳어 있을 것 같았다.

나는 필요 이상으로 심술궂은 기분이 되었다. 그리고 천천히 입을 열었다.

"실은 제 이름은 호시카와라고 해요."

시간은 태엽장치 인형처럼 느릿느릿 움직였다. 벽에 걸린 시계 초침이 몇 번 움직이고, 국도를 몇 대의 자동차가 지나갔다.

가토 씨는 한 번 입술을 핥고 나서 입을 다물었다. 그뒤에는 침을 삼키고, 입을 우물우물 움직였다. 그리고 간신히 어

허허, 하고 입만 웃었다. "빚이나 뭐 그런 건가?" 하고 쉰 듯
한 목소리를 냈다.

"아니에요."

내가 딱 자르듯 대답하자, 가토 씨는 점점 난처하다는 표
정을 지었다.

"뭐, 그런 거야……" 가토 씨는 말했다. "복잡한 집안 사
정 같은 것이 있었겠지."

"그런 것하고는 달라요." 나는 그렇게 말했다. 가토 씨는
또 잠시 말을 잃었지만, 얼굴을 찡그리면서 몇 번인가 끄덕
이고, 마지막에는 어허허, 하고 말했다.

가토 씨는 완전히 입을 다물고, 사무실에는 답답한 공기
만이 남았다.

침묵.

자동차의 흐름이 끊어지자 시계가 움직이는 소리만이 들
렸다. 손님은 좀처럼 오지 않았다.

나는 금세, 왜 그런 말을 해버렸을까, 하는 생각이 들었다.
누군가에게 이렇게 심술궂은 기분이 든 것은 쉽게 기억나지
않을 정도로 오랜만이었다.

이윽고 차 한 대가 들어왔다. 나와 가토 씨는 밖으로 나가서

평소와 마찬가지로 무언의 콤비네이션으로 일을 했다.

손님을 떠나보내고 사무실로 돌아왔을 때, 가토 씨는 나의 얼굴을 똑바로 보면서 "그런 건 신경쓸 필요 없어, 한쨩" 하고 말했다.

그 말에 나는 가토 씨에게 아주 미안한 기분이 들었다. 사무실에 돌아온 가토 씨는 금세 평소대로 돌아와서 마음껏 수다를 떨었기 때문에, 나는 더욱더 반성했다. 이렇게 반성하는 것도 오랜만이었다.

나는 반성한 끝에, 번호가 씌어 있는 종이를 지갑에서 꺼내서 버렸다.

그날은 또하나 사건이 있었다. 우루시바라가 편지를 가지고 온 것이다. 이번에는 편지지가 한 장뿐인 간단한 것이었다. 데이트 신청이었다.

"다음주 수요일, 밤 세시, 두번째 편지에서 제가 하늘을 올려다본 곳에서 만나도록 하죠. 자전거로 와주세요. 상황이 여의치 않을 경우에는, 라디오 체조 두번째 순서에 있는 알통 만들기를 해주세요."

그 편지에는 그렇게 씌어 있었다.

하지만 사실 나는, 라디오 체조 두번째 순서에 있는 알통 만들기가 어떤 동작인지 잘 몰랐다.

◇

생각했던 대로 우루시바라는 먼저 도착해 있었다.

그녀는 스쿠터 옆에 서서, 자전거를 타고 온 나를 확인하자 오른손을 들었다.

헬멧을 쓴 모습과 필요 이상으로 따뜻해 보이는 차림새는 여전했다. 평소와 조금 다른 것은, 헬멧의 실드가 조금 열려 있다는 것뿐이었다.

"안녕하세요."

우루시바라는 그 열린 곳으로 목소리를 냈다. 처음으로 듣는 우루시바라의 목소리였다.

나도 우루시바라에게 안녕, 하고 말했고, 그러고 나서 우리는 서로 멋쩍게 웃었다. 그것은 환갑을 축하하는 노부부처럼 아주 아담하고 품격 있는 웃음이었다.

그때서야 비로소 우리는 데이트 모드가 되었다. 왜 이런 시간에라든가, 왜 이런 곳에서라든가, 왜 스쿠터와 자전거인가 하는 것은 전혀 상관없어졌다. 당황스러움이나 부끄러움 같은 것도 스르르 사라져버렸다.

"그럼, 가죠."

우루시바라가 말했다.

"어디로?"

"언덕 위 신사에 가려고요. 천천히 갈 테니까 따라오세요."

우루시바라는 정중한 말투로 말하고, 스쿠터의 시동을 걸고 헬멧의 실드를 내렸다.

우루시바라가 나아가고, 나는 그 뒤를 쫓았다.

우루시바라는 똑바로 앞만을 바라보며 우직하게 보일 정도로 천천히 나아갔다. 그녀의 몸의 축은 결코 흔들림이 없어서, 뒤에서 보면 마치 마라톤의 선도자처럼 보이기도 했다.

우리는 점차 국도에서 멀어져갔다. 주변은 서서히 어두워지고 조용해져갔다. 헤드라이트로 드러난 세상에는 스쿠터의 엔진 소리만이 일정하게 울리고 있었다.

이윽고 우루시바라는 왼쪽 깜빡이를 켰다. 점멸하는 빛에 이끌리듯이 왼쪽으로 꺾자, 주변은 한 단계 더 어두워져갔다.

적적한 외길이었다. 한동안 쭉 나아가다가, 우루시바라는 서서히 속도를 줄였다.

스쿠터는 붙들어매둔 밧줄이 끊어진 조각배처럼 도로를 표류했다. 가만히 보니, 우루시바라는 오른손으로 나를 향해 손짓을 하고 있었다.

내가 페달을 밟아 스쿠터에 다가가자 우루시바라가 천천히 돌아보았다.

"어깨를 잡으세요."

헬멧의 실드를 올린 우루시바라가 말했다. 심야의 공기 속에서 그 목소리는 너무나 아름답게 들렸다.

나는 금방 의도를 이해하고 스쿠터와 속도를 맞추기로 했다. 스쿠터와 '어디2'는 앞뒤로 나란히 서서 능숙하게 달렸고, 나는 페달을 밟기를 멈추었다. 우리는 유영하는 우주비행사처럼, 서로에게 조금씩 다가갔다.

나는 손을 뻗어서 우루시바라의 어깨를 짚었다.

플라이트 재킷의 감촉 아래 우루시바라의 어깨가 있었다.

어깨에는 직진의 의지가 담겨 있었다. 우루시바라는 천천히 액셀을 당기고, 그것에 맞춰서 나도 왼손에 힘을 넣었다.

'어디2'와 스쿠터는 완전히 하나가 되어서 밤길을 나아갔다. '어디2'와 스쿠터, 그리고 나와 우루시바라를 합친 특별한 사륜자동차 같았다.

우리는 바람을 가르며 달렸다. 정말로 어디든지 갈 수 있을 것 같다는 기분이 들었다. '어디3'다, 하고 나는 생각했다.

—그때의 두 사람을 하늘에서 바라본다고 생각해봐. 사랑스러운 한 폭의 그림이잖아.

누나의 말이 떠올랐다. 정말이구나, 하고 나는 생각했다. 이 광경을 누나에게 보여주고 싶었다.

—시속 백 킬로로 달려도 전혀 문제없다고, 그 오일은.

이어서 가토 씨의 말도 기억났다. 확실히 '어디2'의 상태는 쾌조였다.

길은 끝없이 이어지고, 하늘에는 별이 반짝이고 있었다. 바람과 밤과 풍경이, 기분좋은 속도로 뒤로 흘러가고 있었다. 상쾌했다. 한자와 료 사상 최고로 상쾌하고 후련한 기분이었다.

좁은 언덕길 앞에서 우리는 '어디3'에서 내렸다.

언덕길을 올라서 신사의 기둥문을 지나자 그 앞에는 돌계단이 있었다. 돌계단 양쪽에 서 있는 어두운 나무들 사이로, 버림받은 듯한 느낌의 전등이 세상을 희미하게 밝히고 있었다.

그럼 올라가죠, 하고 우루시바라가 말을 꺼냈다.

우리는 돌계단을 올라가기 시작했다.

앞서가는 우루시바라는 이미 헬멧을 벗고 있었지만, 실제로 그것은 전혀 대단한 일이 아니었다. 우루시바라는 내가 눈치채지 못할 정도로 자연스럽게 헬멧을 벗었고, 그리고 그 안에서 나온 것도 누나들이 말하던 특별한 미소녀의 얼굴은 아니었다.

그녀는 지극히 평범한 수험생 같은 느낌이었다. 하지만 그 용모는 지금까지 빠져 있던 직소퍼즐의 한 부분에 딱 들어맞았다는 기분을 느끼게 해주었다. 누나들도 본다면 분명히 그렇게 느끼지 않을까, 하고 나는 생각했다.

우리는 헉헉거리면서 신사로 이어지는 돌계단을 올랐다. 공기는 무거우면서도 맑았고, 희미하게 수목의 냄새가 났다. 거대한 밤의 한가운데에서 돌계단을 밟는 감촉이 좋았다.

"다 왔어요."

정상이 얼마 남지 않은 곳에서 우루시바라가 말했다. 당연히 신사까지 갈 거라고 생각하고 있던 나는, "엥?" 하고 의아한 소리를 냈다.

"이 앞에는 전등이 없어요. 회중전등이 있으니까 가려면 갈 수는 있지만, 가봤자 평범한 신사밖에 없으니까 여기까지만 가기로 해요."

그녀의 재촉을 받고서 나는 돌계단에 앉았다.

그곳에서는 저 멀리의 거리를 바라볼 수 있었다. 절경이라고 할 정도는 아니었지만, 여러 가지 건물들의 실루엣이나 희미하게 빛나는 불빛, 고개를 들면 몇 개의 별도 확인할 수 있었다.

"데이트에 딱 좋은 장소네."

내가 칭찬하자, 우루시바라는 기뻐하며 웃었다. 어둠 속에 비친 아름다운 미소였다.

"일단, 차를 마시기로 해요."

우루시바라는 배낭에서 스테인리스 물병을 꺼내서 뚜껑 부분에 차를 따르더니 "먼저 드세요" 하고 말하며 나에게 내밀었다.

나는 고맙다고 말하고 그것을 받아들었다. 하얀 김과 함께 상쾌한 향기가 피어올랐다. 뜨겁고 향기로운 보리차. 나는 보리차를 잠시 식히고 나서 마셨고, 우루시바라도 이어서 마셨다. 그리고 우리는 한동안 말없이 눈 아래 펼쳐진 풍경을 바라보았다.

옆에서 우루시바라가 부스럭부스럭하면서 배낭을 뒤지기 시작했다.

"먼 곳을 보실래요? 아니면 가까운 곳을 보실래요?"

우루시바라의 한쪽 손에는 쌍안경, 그리고 한쪽 손에는 회중전등이 있었다. 나는 쌍안경을 선택했다.

카를 차이스 사의 8×40은 상상했던 것보다도 훨씬 가볍고, 손 안에 착 들어왔다.

나는 그 쌍안경으로 눈 아래에 펼쳐진 풍경을 내려다보았다. 처음에는 초점을 잘 맞출 수 없었지만 금방 익숙해졌다. 맨눈으로는 희미하게 보이던 불빛이나 건물의 뚜렷한 윤곽을 확인할 수 있었다. 별을 보는 것은 조금 어려웠지만, 일단 초점을 맞추면 실물보다 밝게 볼 수 있었다.

이렇게 세상을 바라보는 것은 아주 즐거운 일이었다. 특별한 일을 하고 있는 듯한 기분이었다.

한동안 그런 기분을 만끽한 뒤에, 우루시바라가 들고 있던 회중전등으로 바꿔들었다.

돌계단이나 나뭇잎을 비춰본다.

그것은 단지 불빛을 비춘다는 단순한 행위였지만, 실제로 해보니 의외로 가슴 뛰는 일이었다.

생각해보면, 이렇게 비춰보고 들여다보고 내려다보고 하는 것은 모두 근원적 욕구에 기초한 행위였다. 평소에 하지 않는 일인 만큼 강하게 와 닿는 거구나, 하고 나는 깨달았다. 이건 커다란 발견이었다.

그런 것을 알고 있다니 우루시바라는 똑똑하네, 하며 나는 쌍안경을 들여다보는 그녀의 옆모습을 바라보았다. 불빛을 비춰볼까 생각했지만, 그것은 참았다.

여러 가지 억측을 부른 그녀의 얼굴이었지만, 이렇게 보고 있으니 우루시바라의 얼굴은 이미 이 외에는 있을 수 없다고 느껴졌다. 반듯하지는 않지만 부드러운 커브로 구성된, 수수하면서도 뽀얀 그녀다운 얼굴.

그녀의 옆모습에는 맑은 집중력과, 모든 방향으로 뻗어나가는 호기심이 깃들어 있었다. 그녀는 그 반짝이는 것들을 아낌없이 발산하고 있었다.

228

가만히 보면 그녀는 지금이라도 튀어오를 듯한 공 같았다. 그녀는 여러 가지 가능성의 집합체이자 미래 그 자체였다. 그것은 누나나 야마자키 씨에게는 없는 젊음이라는 것일지도 모른다.

나는 그런 우루시바라에게 아주 감탄했다.

그리고 감사했다.

훌륭한 것을 보여주어서. 편지를 써주어서. '어디2'를 이끌어주어서.

우루시바라는 입술을 살짝 벌리고, 쌍안경을 쥐고 있다.

아마도, 하고 나는 생각했다. 이제부터 우루시바라는 여러 가지 가능성 속에서 한두 가지의 자그마한 무언가를 선택하겠지. 그리고 소중히 또 소중히, 손바닥으로 따뜻하게 데우며 그것을 키우겠지.

그것은 내가 멋대로 만들어낸 우루시바라의 이미지였다.

"차라도 마실까요."

우루시바라가 보리차를 따라주었다.

한밤에 울리는 꼴꼴꼴꼴 하는 소리. 뜨거운 김. 한 모금 마실 때에 배어나는 상쾌한 풍미와 뱃속으로 들어갈 때의 열기. 모든 것이 전부 철저하게 계산된 꿈 같았다.

나는 가슴팍 주머니에서 봉투를 꺼냈다. 지구의가 그려진 갈색 봉투. 갈매기 스티커로 봉해진 나의 이력서.

"그게 뭐예요?" 우루시바라가 물었다.

"나에 대한 거." 나는 말했다. "같이 보자."

나는 우루시바라에 그것을 건넸다.

우루시바라는 긴장된 얼굴로 그것을 받아들고는 무릎 위에 올려놓았다. 그리고 잠시 생각하더니 다시 배낭을 뒤졌다. 안에서는 필통이 나왔고, 그 안에서 나무로 된 페이퍼나이프가 나왔다. 정말 뭐든지 나오는 배낭이었다.

우루시바라는 그것을 사용해서 조심스럽게 갈매기 스티커를 벗겼다.

나는 우루시바라의 손을 향해 회중전등을 비췄다.

우루시바라는 처음에는 신기하다는 듯이 이력서를 바라보다가 하나의 질문을 던졌다. 내가 그것에 대답하면 우루시바라는 다음 질문을 했다. 대답하면 다음 질문이 돌아왔다.

그녀는 이력서를 보면서 여러 가지 질문을 되풀이했고, 나는 그것들에 대답해나갔다. 마지막으로 그녀는 후우 하고 숨을 내쉬었다. ……거짓말 같다.

"도시의 옛날이야기 같네요."

우리는 이력서를 바라보았다. 보면서 다시 보리차를 마셨다.

우리는 쿡쿡 웃으면서, 그 종이에 이력을 추가해갔다.

앞으로.

새로운 한자와 료의 색깔.

회중전등과 필통이 큰 도움이 되었다. 이런 곳에 이런 것을 들고 오다니, 그녀는 역시 천재일지도 모르겠다고 나는 생각했다.

지금, 여기서 이러고 있는 것이, 꼭 옛날이야기의 한 장면 같았다. 여러 가지 일들이 결실을 맺고 결정화된 듯한 기적의 밤이었다. 종착역 같은 밤.

우리는 날이 밝을 때까지 소리 죽여 쿡쿡 웃었다. 아침이 왔기 때문에 이력서를 땅에 묻기로 했다.

표시가 될 만한 나무를 찾고.

땅을 파고, 처음으로 하는 공동작업처럼.

살며시 뚜껑을 닫아, 봉인하듯이.

기도하는 마음으로.

◇

　잠에서 깨어났을 때는 저녁 여섯시가 지나 있었지만, 아직 밖은 훤했다. 해가 길어지기 시작한 것이다.

　거실에 나가니 바닥에 신문지가 깔려 있고, 그 위에 파란 매실 열매가 잔뜩 벌여져 있었다. 거실은 파랗고 진한 매실 향기로 가득 차 있었다.

　"안녕, 료. 그리고 어서 와, 료." 부엌에서 누나가 말했다.

　"잘 잤어, 누나? 그리고 다녀왔어, 누나." 나도 말했다.

　"내년에 마실 매실주를 담그는 중이야. 손 씻고 오면 너도 도와줘."

　"응."

손을 씻고 나서, 나는 대나무 꼬챙이를 잡았다. 매실의 꼭지를 떼는 것이 내 임무였다.

나는 바닥에 앉아서 일을 시작했다.

"아, 그런데," 잠시 있다가 누나가 말했다. "이번주 토요일에 또 야마자키가 온대."

"으흠~"

나는 대답했다.

단단한 매실이 내 손 안에서 까실까실하고 이상한 감촉을 준다.

"그애 나름대로 낙심했던 일이 있었던 모양인데, 지금은 아주 기운이 넘친대. 너한테 고맙다고 전해달라더라."

"으흠~ 무슨 일일까."

대나무 꼬챙이를 찌르는 위치만 틀리지 않으면, 꼭지는 쏙하고 쉽게 떨어진다. 이것은 꽤나 중독성 있는 작업이었다.

"근데, 야마자키가 말야,"

누나는 씩 웃었다.

"친구의 남동생하고 한 키스를 잊을 수 없어서, 다시 한번 하러 오겠대."

나는 얼굴을 새빨갛게 물들이며 계속해서 매실의 꼭지를

땄다. 도망쳐버릴까, 하는 생각이 들었다.

"도망치면 안 돼." 누나가 말했다.

"응." 나는 그렇게 대답해두었다.

매실주가 완성되고, 밀봉한 용기에 누나가 오늘 날짜를
적었다. 나는 손을 씻고, 그러는 김에 세수를 했다. 누나가
적은 날짜를 머릿속에 입력했다.

이제 곧 여름이구나, 하고 생각했다. 누나와 야마자키 씨
가 만난 여름.

나는 기타를 가져와서, 손에 익은 G코드를 짚었다.

그리고 노래했다.

    G

뚭뚜두루두두~ 냐옹~

    G

뚭뚜두루두두~ 냐옹~

                    D   C   G
우·리·는·우·산·고·양·이·냐옹~

포근함에 감싸인, 아늑한 세상

비단 저뿐만이 아니라 많은 분들이, 제목을 보고 떠올렸던 이미지와 내용에서 느껴지는 감상은 많이 다르지 않았을까 생각합니다. 보통 이력서라는 물건은 지금까지 어떻게 살아왔고 어떤 경험을 했다는 이력, 경력을 적는 서류입니다. 취직을 위해서, 혹은 아르바이트를 위해서. 하지만 주인공 한자와 료는 그런 통속적인 이력서(履歷書)로는 뭔가 부족한 것 같다며 새로운 이력서(リレキショ)를 씁니다. 우리가 지금까지 생각해왔고 써온 이력서와는 너무나도 다른, 이력서를.

처음에는 아무것도 쓰지 않은 백지상태의 이력서와도 같

은 주인공 한자와 료는, 하나 둘씩 주위 사람들과 관계를 맺어나갑니다. 그렇게 이력서를 채워가며 서서히 주인공은 '한자와 료'라는 인물을 형성해가지요. 그리고 새벽의 신사 앞 계단에서 우루시바라와 함께 자신의 이력서를 보는 장면. 어찌 보면 보잘것없는, 우습기까지 한 한 장의 종이에 불과하지만, 그는 그렇게 '한자와 료'를 보여줍니다. 그리고 그녀와 함께 이력서를 쓰며 또다른 시작을 맞이합니다.

동화 같은 따스한 시선과, 판타지 같은 설렘.

다정하고 상냥한 인물들. 그렇지만 한편으론 특이하고 별난 사람들.

거기에, '누나가 주워주기 전'의 주인공에 대해서나, 누나와 야마자키 씨의 관계, 그리고 주인공의 미래에 대한 것들은 과감히 생략해버렸기에, 이렇게 솜사탕 같은 안개 속에 감싸인 듯 아늑한 세상이 만들어지지 않았나 합니다. 시종일관 흘끗흘끗 보이는 현실 속에서도 주인공은 어린아이처럼 마냥 즐겁고, 호기심에 차 있습니다. 그리고 이렇게 독특하고 재미있는 필치로 그려진 평범한 일상은, 새하얀 도화지에 그림을 그려나갈 때처럼 가슴을 두근거리게 하지요.

끝이 나지만 동시에 시작이기도 한 마무리. 시작하면서 끝나는, 또하나의 시작.

나카무라 코우의 초기 세 작품은 일명 '새로운 시작 삼부작'이라 불립니다. 비슷하면서도 제각기 특유의 맛을 지니고 있는 작품들 중에서도 작가의 데뷔작인 『이력서』는, 따끈한 한 잔의 차를 마시고 난 듯한 개운함과 아늑함, 그리고 풋풋함을 전해주는 사랑스러운 작품입니다.

2007년 8월

현정수

옮긴이 **현정수**

일본문학 전문 번역가. 상명대학교 소프트웨어학과 졸업. 옮긴 책으로 『여름휴가』 『NHK에 어서 오세요』 『잘린 머리 사이클』 『목 조르는 로맨티스트』 『네거티브 해피 체인 소 에지』 등이 있으며, 잡지 『파우스트』의 번역진으로도 활동중이다.

문학동네 세계문학
이력서

초판인쇄	2007년 8월 6일
초판발행	2007년 8월 20일

지은이	나카무라 코우
옮긴이	현정수
펴낸이	강병선
책임편집	양수현 최유미
펴낸곳	(주)문학동네
출판등록	1993년 10월 22일 제406-2003-000045호

주소	413-756 경기도 파주시 교하읍 문발리 파주출판도시 513-8
전자우편	editor@munhak.com
전화번호	031) 955-8888
팩스	031) 955-8855

ISBN 978-89-546-0354-6 03830
www.munhak.com